中公文庫

手習重兵衛

闇討ち斬

新装版

鈴木英治

中央公論新社

手習重兵衛　闇討《やみう》ち斬《ざん》

一

誰かがそばにいるような気がして、目が覚めた。

目の前に人。心配そうにのぞきこんでいる。

丸めた頭が目に入った。僧侶のようにつるつるというわけではなく、髪はやや伸び加減だ。

どなたですか。声をだそうとした途端、頭がずきんとして顔をしかめた。

「まだ痛むかな」

たたまれた手拭いが額から取り去られ、代わりに手のひらがやわらかく置かれた。

「どうやら熱は下がったようだが……ふむ、まだ起きられるほどではないな」

夜具に寝かされていることに、ようやく気づいた。救われたのだ、と安堵の息を漏らす。

男はかたわらの手桶で洗った手拭いをしぼり、ていねいにたたみ直した。

額がひんやりとし、そのあまりの気持ちよさに目を閉じかけた。

「無理せんでいいぞ。さあ、もう一度眠りなさい」

幾度か悪夢にうなされた気がしたが、次に目が覚めたときにも男はそこにいて、柔和な瞳で見ていた。

「うむ、ずいぶん顔色がよくなった。一度目を覚ましたが、覚えているかな」

うなずいた。もう頭は痛くなかった。

「あれから丸一日寝ていた。腹もすいているだろう。ちょっと待っててくれ」

立ちあがり、右手の襖《ふすま》をあけた男は隣の間へ出てゆこうとして、首を振り返らせた。

「名はなんと」

一瞬、つまった。男は微笑《びしょう》した。

「こちらから名乗らんと名乗りにくそうだな。わしは宗太夫《そうだゆう》という」

「重兵衛《じゅうべえ》と申します。助けてくださったのですね。感謝します」

「ふむ、その話はあとにしよう」

宗太夫と名乗った男はあたたかな笑みとともに襖を閉めた。

首をあげ、重兵衛はまわりを見まわした。

寝かされているのは八畳間らしい座敷。朝が来てまだそれほどたっていないらしく、少しあけられた頭側の腰高障子には明るい陽射《ひざ》しが当たり、かしましい小鳥のさえずりが抜けてくる。

風が吹くたび庭の木々が影絵となって揺れるが、座敷へ入りこむ風には初夏のさわやかさがあり、消耗しきった四肢にわずかながらも力を与えてくれる。

左側には床の間。京か奈良あたりの風景が描かれた墨絵の掛軸が下がり、その下の刀架に自分のものらしい脇差《わきざし》が置かれていた。足の側は襖で、その先にも部屋があるようだ。

宗太夫はさほど待つこともなく戻ってきて、湯気を立ちのぼらせる膳をそばに置いた。

起きあがらせてもらった重兵衛は、自分のではない着物を着せられていることにはじめて気づいた。

「着ていたやつは、もう洗濯してある。脇差はそこだ。さあ、食べてくれ」

膳に載っているのは粥《かゆ》の丼と梅干の小鉢。勧められるままに重兵衛は箸をつかった。

塩加減が絶妙で、実にうまい粥だ。しっとりとした舌触りの梅干には、わずかに甘みが感じられる。

「これは宗太夫さんが」

「いけるだろう。なにしろ独り身ゆえ、包丁だけは達者になった。もっとも、梅のほうは懇意にしている者が漬けたんだが」

独り者なのか、と思って重兵衛は、自然な姿で座っている男を、粥をすすりつつ控えめに見つめた。

背は五尺八寸ある自分より二寸は低いだろうが、無駄な肉はどこにもついておらず、日頃十分な鍛錬と節制をしているのがわかる。

十徳《じっとく》をゆったりと羽織ったその姿は侍のものではないが、以前どこかの家中に属していたのでは、と思わせる雰囲気がそこはかとなくにじみ出ている。

彫りが深い面長の顔は眉毛が前に突きだし、鼻筋が通った鼻は高く、やや赤い唇は上下ともに厚い。くぼんだように見える目はやや細いものの、黒々とした瞳の輝きが隠されることはない。

「じゅうべえどのといったが、どういう字を当てるのかな。数字の十でいいのか」

重兵衛は説明した。

「わかった、重兵衛どのだな。けっこう珍しい名だよな」

「そうかもしれません」

ごちそうさまでした、と重兵衛はきれいに平らげた丼を膳に戻した。

「満足してもらえたかな。ふむ、それだけ食えるならもう大丈夫だろう」

「あの、ここはどこなのでしょう。江戸に入ったままでは覚えているのですが」

「白金村《しろがねむら》だ。戸数七十ばかりの村だが、知っているかな」

重兵衛は頭のなかに絵図を広げた。

麻布《あざぶ》の近くに確かそんな村があった。風光明媚《ふうこうめいび》な土地で、元禄《げんろく》の頃、五代将軍綱吉《つなよし》が白金御殿と呼ばれる壮麗な屋敷を建てた地であることを耳にした覚えがある。

そのことをいった。

「ほう、知っているのか。景色の美しさは元禄の時分と変わっていないだろう。今も遊山《ゆさん》の人が絶えんのがその証といえるかな。白金御殿の跡はこのすぐ隣だ」

「ああ、そうなんですか。……東海道からだいぶはずれているのですか」

「はずれているといえばはずれているかな。高輪《たかなわ》の大木戸から西へ十三、四町といったところだ。重兵衛どのは、そこを流れる新堀川《しんぼりがわ》の土手に倒れていた」

宗太夫は、北と思える方向へ指を向けた。

「知り合いの百姓のところへ青物をもらいに行こうとしてたんだが」

なんとなく目を投げた土手の草むらに人がうつぶせていたという。

「最初見たときは死んでいると思ったんだが、まだ息があるのがわかって、あわててかつぎこんだんだ」

「いつのことです」

「四日前の昼だ。今日は四月十九日だ」

十三日に冷たい雨に打たれ、それがもとで風邪をひいた。そのとき休んで体力の回復につとめていればまたちがったのだろうが、うしろを気にして道を急いだのがまずかった。

翌日になって猛烈な寒さに襲われ、歯の根が合わないほどの震えがきた。意識が朦朧《もうろう》とし、自分では東海道を歩いていたつもりだったが、いつの間にか脇道へそれていってしまったのだろう。

宗太夫は、ちらりと重兵衛の体に目を走らせた。

「しかし頑健だな。ふつうなら今頃あの世逝き、と医者は申していた」

「医者を呼んでくれたのですか」

「わしでは治療は無理だからな。ああ、代の心配はいらんぞ。助けたのはこちらの勝手だ」

「しかしそれでは……」

宗太夫はにやりと笑った。

「払う金だってなかろう。あれば、行き倒れになるはずがないからな。ところで、行く先はどこだ。待ち人がいるんじゃないのか」

重兵衛は首を振った。

「そういう人はおりません。行く先というのも別に決まっているわけでは……」

「当てもなく江戸に出てきたのか」

わずかに伸びた顎《あご》のひげをなでさすって、宗太夫は考えに沈んでいる。

行き倒れの理由をきかれるか、と重兵衛は身構えるようにして思ったが、やがて顔をあげた宗太夫はまるで予期していなかった言葉を発した。

「なら、しばらくここにいるか。しばらくといっても、いたいだけいてくれていいぞ。ただし、客としては扱わん。そのほうが気楽だろう」

信じられない申し出に、重兵衛は呆然とする思いだった。

「返事はどうした」

「しかし手前のような者に、なにゆえそこまでしてくれるのです」

「手前か……まるで商人《あきんど》みたいだな。ふむ、わしも旅の空での親切は身にしみているし、行く当てもない者をほっぽりだすわけにはいかんだろう。もしそれで死なれたら、ここで助けた意味がなくなってしまうしな。それになにより、重兵衛どのは悪さをしそうにない骨柄《こつがら》をしておる」

「とてもありがたいお言葉ですが、でも本当によろしいのですか」

宗太夫は口許に笑みを浮かべた。

「よし、話は決まりだな。ところで、重兵衛どのはいくつだ」

「二十三ですが」

「若いな。わしより八つも下だ。なら、呼び捨てにしてもいいか」

「もちろんです」

「わしのことは、師匠と呼んでくれるとありがたい。わけは明日になれば知れる。さあ、もう一眠りしろ。それできっと本復だ」

二

あくる朝の六つ前、すっきりと目覚めた重兵衛は体が軽くなっているのを感じた。思いきり汗をかいて、体中の毒が出きってしまったかのようだ。

きれいに洗濯された着物を返してもらい、重兵衛はさっそく身につけた。麻の葉と呼ばれる小紋の小袖に、帯を締めただけの着流し姿。

宗太夫は腕を組んでその姿を眺めた。

「ふむ、見事に江戸中どこにでもいる浪人そのものだな」

なにもしないでは気がすまず、重兵衛は家の掃除を申し出たが、もしぶり返したらどうする、ととめられた。

「そういうことは、この家に慣れてからでいい」

家は立派な一軒家で、四部屋は楽にありそうだ。重兵衛のいる八畳間の隣を宗太夫は寝間にしているが、その東側にも多数の書が置かれた部屋がある。その北側が台所だった。台所で、宗太夫と朝餉《あさげ》をともにした。

飯の炊き方もたいしたものだが、それ以上に重兵衛を驚かせたのは味噌汁だった。少し薄いようにも思えたが、だしのきかせ方はこれまで食したことがないと思えるくらい美味だ。

そのことをいうと、宗太夫は、味噌汁だけは誰にも負けぬ自信があるんだ、と顔をほころばせた。

「でも、生きていてよかったと大袈裟でなく思うだろ。死んじまったら、こんなうまいもの、二度と食えんものな」

食事を終えた宗太夫は茶を喫してのんびりしている風情だったが、そろそろだな、とつぶやいて立ちあがった。

あと片づけを終え、初夏の陽射しが入りこむ緑濃い庭の井戸で二人は洗顔をした。

刻限は五つ前だろう。大気はすがすがしく澄み渡り、呼吸をするたびに木々のかぐわしい息吹を感じ取れるようで、このことで重兵衛は生きている喜びを感じた。

母屋の向こう側、道に面しているほうから人の訪《おとな》う気配が伝わってきた。次々におはようございます、という子供の声がしている。

「来てくれ」

さっぱりした顔つきの宗太夫にいわれ、重兵衛はあとをついていった。

宗太夫は重兵衛が寝ていた座敷に入り、右側の襖をあけた。

その広さに重兵衛はまずびっくりした。

幅は六、七間、奥行きは十間ほどあり、縁のないいわゆる野郎畳が敷かれていなければ、寺の本堂と見紛《みまご》うばかりだ。

次に驚いたのは、そこに五十に近い天神机がずらりと並べられ、十数名の子供たちが座っていたことだ。下は六、七歳から、上はせいぜい十くらいまでだろう。

身なりはいずれも貧しいが、そんなことを感じさせない瞳の輝きが誰にもあり、まぶしさを覚えた重兵衛は目を閉じかけた。

大きくあけ放され、朝日が斜めに射しこんでくる入口に、途切れることなく子供たちが入ってくる。沓脱《くつぬ》ぎで脱いだ草履や草鞋《わらじ》を、男女別にわかれている下駄箱にていねいにしまい入れてゆく。

「お師匠さん、おはようございます」

なかにあがる前に元気のいい声で、行儀よく挨拶をする。

宗太夫は挨拶すべてに答えつつ、子供たちに声をかけている。

「晋吉《しんきち》、たっぷり寝たようだな。三之助《さんのすけ》、ちゃんと朝餉は食べてきたか。お美代《みよ》、名頭《ながしら》字尽《じづくし》の復習はちゃんとやったか」

名頭字尽なら重兵衛も知っている。源平藤橘《げんぺいとうきつ》など姓によくつかわれる漢字がずらりと書いてある本で、手習の基本となる書だ。

宗太夫が、理由はわかったろ、とでもいいたげないたずらっぽい笑みを浮かべた。

いつの間にか、教場内の席はすべて埋まっていた。男女は半々くらいか。まんなかに筋の道ができており、そこできれいに男女がわかれている。

宗太夫の隣に立つ重兵衛に、百近い瞳が遠慮なしの眼差しをぶつけてくる。どの瞳にも、興味津々といった色が刻まれている。

宗太夫は、座敷の中央にある一際《ひときわ》大きな文机《ふづくえ》に重兵衛を連れていった。その文机は、子供たちの天神机に四方を囲まれるように置かれている。

宗太夫はまわりを見渡し、朗々たる声でいった。

「みんな、この人はな、重兵衛といってしばらくこの家に住むことになった。顔を合わせることも多いだろう、よろしく頼む」

宗太夫はどういう字を当てるかも説明した。

「いい男」

目の前の七歳くらいと思える女の子がいった。なかなかの器量よしで、少し勝気そうなくりっとした黒目が生き生きと光っている。形のいい唇を少しとがらせ気味に、重兵衛を見つめている。

「お美代、さっそく気に入ってくれたようだな。鼻筋が通って、眉が太いところなんざ、わしにそっくりだろう」

「でも目の大きさがぜんぜんちがいます」

「なるほど、そのあたりはお美代に似ているかな」

「目許が涼やかで、とてもやさしそうなところも」

「涼やかか。どこでそんな言葉を覚えた」

「お知香《ちか》おばさん。おばさん、そういう人が大好きらしいから」

「でも、お師匠さん、お美代ほど重兵衛さんの目はたれてませんよ。お美代の目はまるで狸だから」

お美代の隣にいる、同じ年頃の男の子が憎まれ口をきいた。この二人のところが、ちょうど男女の境目になっている。

「なんですって」

「吉五郎《きちごろう》は、しかしそんなお美代が大好きなんだよな」

宗太夫が笑いかけると、男の子はあわてて腰を浮かせた。

「誰がこんなおかちめんこ」

「あんただってひょっとこ顔じゃない」

「馬ぁ鹿、ひょっとこがこんないい男のわけないだろう」

「誰がいい男よ」

「二人ともそれまでにしておきなさい」

宗太夫が穏やかにいうと、二人は蟬《せみ》が鳴きやむようにぴたりと口を閉じた。

「全員、村に住む者ばかりだ。さあ重兵衛、みんなに挨拶を」

重兵衛は一歩進み出て、名と歳を述べ、これからよろしくお願いします、と頭を深く下げた。

「声もいいわあ」

「いくらいい声でいい男でも、二十三じゃあ相手にならねえじゃねえか」

「お師匠さんとはどんな関係なの」

吉五郎の声が耳に入らなかったようにお美代がたずねる。

「江戸のお人なの。お嫁さんは。しばらくっていつまで」

「こらこら、そんなにいっぺんにきかれて、重兵衛も面食らっておる。そのあたりはおいおいわかる。重兵衛、今日はこのへんにして体を休めておきなさい」

「病気なの」

心配そうにきかれ、どう答えようか迷った重兵衛に代わって宗太夫がいった。

「昨日までちょっとひどい風邪をな。でもお美代、心配はいらんぞ。もう治ったからな」

いったんは勧め通り部屋に戻ろうとしたが、もう少しこの子たちとときをともにしていたいな、と重兵衛は思い直した。

「師匠、うしろで見ていてよろしいですか」

「ああ、体さえ大丈夫ならな」

重兵衛が敷居際に下がって正座をすると、宗太夫は文机の前に座り、書をひらいた。

重兵衛がさっき見た限りでは文机には数冊の書物が置かれ、そのうちの一冊には『百《ひゃく》姓往来《しょうおうらい》』と記されていた。

はじめて見るものだったが、内容は見当がついた。ここにいる子供たちはすべて百姓の子で、農事について学ぶための書だろう。

宗太夫と子供たちのやり取りをしばらく眺めているうち、男女だけでなく年齢ごとにも机がわかれていることに重兵衛は気づいた。

そのなかで、年長の二人の男の子が、まだ入って間もないと思える子供たちにていねいに筆づかいを教えている。この二人は、他の子供たちから番頭と呼ばれていた。

宗太夫は、八歳から十歳くらいのやや上と思える子供たちの指導をしている。幾冊もの本を代わる代わる手にしては、一人一人懇切に教えてゆく。

教えぶりは厳しいが、背後に愛情があることを子供たちは理解している様子だ。

しかし、さすがに遊びたい盛りの年頃だけに、宗太夫が離れてゆけば私語をかわして笑い合ったり、前の子の目隠しをしたり、大きく伸びをしてあくびをしたり、隣の子に筆でいたずらを仕掛けたりする者がほとんどだ。

お美代はうしろを振り返ってはちらちらと重兵衛を見ている。それがおもしろくない吉五郎は、いちいち注意している。

もっとも、この程度ならおとなしいほうで、ほかの手習所の日常がこんなものではないことを重兵衛はきいたことがある。

天神机をひっくり返したり、庭に出ていってしまったり、畳や障子を墨で汚してしまったり、手本を投げ合ったり。

それでも、師匠たちが怒ることはめったにない。子供たちはもともと天真爛漫《てんしんらんまん》で、したいようにさせておく、という気持ちを誰もが持っているからだ。

罰を与える場合でも、音だけは高く発するように厚紙で包んだ扇子で叩くか、机の上に正座させるのがせいぜいだ。ときに、本当に手に負えない子供に限り、柱に縛りつける師匠もいるらしいが。

やがて昼になり、七割以上の子供が昼食をとりに家へ帰っていった。

あとの子供たちは弁当を持ってきている。仲のいい者同士、三つの輪にわかれて箸をつかっている。

重兵衛は台所で宗太夫とともに昼食をとり、午後の手習の様子も見学した。

八つになり、子供たちは来たとき以上に元気よく帰っていった。

書の置かれた部屋の縁側で茶を喫しつつ、宗太夫にきかれた。

「どうだ、感想は」

「子供たちがあんなに熱心なのには、正直、驚きました」

「関心さえ持たせられれば吸収は驚くほどはやい。まあ、それまでがたいへんなんだが。重兵衛はどうだ。勉学には身を入れてきたのか。それとも熱中したのはこちらのほうか」

宗太夫は剣を振る仕草をした。

「おっと、まずいことをきいちまったようだな。そんな顔をされるとは思わんかった。すまん、もういわん」

宗太夫は茶をがぶりとやった。

「ふむ、しかし一目で子供に好かれるなど、手習師匠に向いてるぞ。わしになにかあったら、ここでやってみるか」

「師匠になにかあるなど……」

「そんなのはわからんさ。わしだって人だ。それにな、重兵衛、子供に教えるのはすごく楽しいぞ」

　重兵衛は威儀を正した。

「それはよくわかるのですが、自分に人に教える資格はありません」

三

　次の朝がやってきたときには、体調は完全に元に戻っていた。

　それは宗太夫も見抜いたようで、もう万全だな、と笑顔でいってくれた。

「そうだ、重兵衛。人を置いておくのもけっこううるさいからな。いずれときを見て、大家のところに挨拶に行こう」

　この日も重兵衛は手習の様子を見学した。

　昼になり、子供たちは車座になって弁当をつかいはじめた。

宗太夫の昼の支度がまだの重兵衛には、ふと気になることがあった。

入口から外に出て、くるりと振り返る。

『白金堂』と墨書で記された扁額《へんがく》が掲げられ、外の門柱には『幼童筆学所』という看板が打ちつけてあった。

いい名だな、と思いつつ重兵衛はなかに戻った。

正座をして子供たちの様子を眺めていると、昼を食べ終わった一人の男の子が立ちあがり、別の輪の子供になにか話しかけるのが見えた。

いきなり血相を変えて振り向いたのは、吉五郎だった。弁当を置くやその男の子につかみかかってゆく。

重兵衛はあわててあいだに入り、二人に話をきいた。

「この馬鹿が、おいらのことをひょっとこ、って呼びやがったんだよ」

「馬鹿だと。おめえのほうがよっぽど馬鹿だろうが。手習はじめて一年たつのに、まだろくに読み書きできねえじゃねえか」

「その分、おいらのほうが稲刈りはうまいだろうが」

「田植えは俺のほうがうまい」

「ちょっと待った。おまえさん、名は」

「松之介《まつのすけ》」

「この馬鹿、おいらがお美代と仲よくしているのが気に入らないんだよ」

「ひょっとこ顔って呼ばれて、どこが仲いいんだよ」

「俺のどこがひょっとこ顔だ」

また二人はつかみ合いになった。

「待て、待て」

重兵衛は二人をわけた。

「とめないでよ」

吉五郎が必死の面持ちでいい募る。

「今日こそ、この馬鹿、のしておかないと」

「そりゃ俺の言葉だ」

「とめはせんよ。ただし、ここでは駄目だ。みんなの迷惑になる」

ほかの子供たちが昼食を食べる手をとめて見入っているし、もし天神机に頭でもぶつけたら大きな怪我につながりかねない。

重兵衛は二人を庭に連れだした。そこは井戸の近くで、やわらかな土におおわれた土俵ほどの空き地になっている。

「ここなら存分にやれるだろう。よし、二人とも悔いの残らんよう力一杯やれ」

「よし、百発殴ってやるからな」

「俺は千発だ」

「ぬかせ」

二人は取っ組み合いをはじめた。

重兵衛は、転げまわる二人が立ち木のほうに行かないよう、注意しているだけだ。

吉五郎のほうがやや有利に見えるが、形勢はいまだ互角だった。どちらかといえば松之介のほうが身なりはよく、やや裕福な家に生まれ育っているようだ。

「ちょっと二人ともやめなさいよ」

うしろから声がかかった。

「とめなくていいよ」

重兵衛は横に出てきたお美代を制した。

「どうして。怪我したらどうするの」

「怪我はするよ。殴り合っているんだから。でもそれはたいしたことじゃない。この二人の仲が悪いのは、これまで思いきりやり合っていないからだ」

「喧嘩のあと男の子が仲よくなれるらしいのは知ってるけど、この二人は例外なんじゃないかなあ」

重兵衛はお美代にほほえみかけた。

「そうかな」

結局、喧嘩は両者がへとへとになって終わった。

重兵衛は、泥だらけで土に手をついたまま立ちあがれずにいる二人に歩み寄った。

「どうだい、気分は」

吉五郎が荒い息を吐きつつ、顔をあげた。

「こいつが、こんなに強いなんて思わなかった」

「おまえだって」

松之介も息絶え絶えだ。しかし表情には力をだしきったすがすがしさがある。

「とことんやってはじめてわかることなんて、いくらでもあるんだ」

重兵衛は二人を立ちあがらせ、あらかじめ汲んであった手桶の水で、顔と手足をていねいに洗ってやった。

いくつか傷ができており、しみた二人は顔をしかめた。

「よく唾《つば》を塗りこんでおけよ。どうだ、もう喧嘩なんてしようという気分じゃないだろ」

照れくさげに見つめ合う二人の瞳から、敵意の炎はきれいに消えている。

「たいしたもんだ」

夕餉を一緒にとりながら、宗太夫がしみじみといった。

「やはり重兵衛は手習師匠に向いてるな。人に教える資格がないなんていったが、そんなことはないじゃないか」

「あれは昔を思いだしただけです」

「同じようなことが」

「家塾に通っていた十歳の頃、どうにも気に入らぬ男がおりまして、常に反目し合っていたのです。それである日、見かねた師匠から徹底してやり合うように命じられて。けりをつける最良の機会と思い、取っ組み合ったのですが……」

「結果は今日と同じか。あの二人は一生の友になれるかもしれんな。その友人は今どうしている」

宗太夫は、おっ、という顔をした。

「またか。すまんな。どうもわしは口を滑らせることが多くてな」

——提灯《ちょうちん》が次々に投げ捨てられる。

地面で激しく燃えあがった炎は、武家屋敷の壁をゆらりと映しだした。炎がしぼむにつれ闇が急激にふくらんだが、すぐに空に浮かぶ月の明るさが際立ちはじめた。

「興津《おきつ》、刀を捨てろ」

淡い月光に照らされて、いつでも刀を抜ける構えの五名が取り囲んでいる。いずれも腰をずしりと落とし、油断なく目を光らせている。

「なぜこのような真似を」

正面に立つ斉藤源右衛門《さいとうげんえもん》にただす。

「百両がおぬしの屋敷から見つかった。その出どころを知りたい」

「なんのことです」

「押収した千両を覚えているな。それがなぜか九百両しかない」

「それがしが盗んだと」

源右衛門の左斜めうしろに立つ男がこちらを見つめている。眉を寄せ、厳しい顔をつくっているが、瞳の奥にある悲しみは隠しようがない。

「斉藤さまは、それがしがそのようなことをする男と思われるのですか」

「もし濡衣《ぬれぎぬ》であるなら、無実を明かせばすむことだ。刀を預け、一緒に来い」

源右衛門が手を差し伸べてきた。

柄《つか》に置いた手に目を走らせかけた瞬間、右側にいた男がいきなり抜刀し、斬りかかってきた。

すばやく男の懐に走りこみ、当身《あてみ》を食らわせて刀を奪い取る。左から新たな斬撃《ざんげき》が浴びせられた。

手にしたばかりの刀で弾《はじ》きあげ、右からやってきた胴への一振りを鋭く打ち落とした。

「興津、刀を引け。さもなくばわしが相手になる」

源右衛門がずいと踏みだしてきた。

迷った。腕では互角以上だろうが、職場の上役というだけでなく道場でもずいぶん世話になった先輩だ。

だが、とすぐに思い直した。連れていかれればおそらく自分の命はない。いや、おそらくではない。いきなりの抜き打ちがそれを物語っている。

「引く気はないようだな。仕方あるまい。容赦はせんぞ」

源右衛門は一歩足を進めるや、強烈な袈裟《けさ》斬りを繰りだしてきた。

こちらも負けず、刀で思いきり撥《は》ねあげる。

火花が闇に散り、腕から重みが一気に消え失せた。折れた刀身が武家屋敷の壁に突き当たり、軽い金属音とともに地面に落ちた。

すでに源右衛門の次の一撃が眼前に迫っていた。左に動いてかわし、一気に源右衛門の脇を駆け抜ける。

行く手をふさごうとした男の肩に、折れた刀を叩きつけた。むろん刃は返していたが、斬られたと思った男は悲鳴をあげて路上に倒れこんだ。

背後から刀のうなりをきいた。身をひるがえし、源右衛門の斬撃をぎりぎりで避けた。折れた刀を投げ捨て、自分の刀を抜いた。源右衛門の放ってきた逆胴を弾き落とし、反撃に出ようと右に大きく刀を引いたとき、腕が妙な力にからめ取られたのを感じた——。


「おい、どうした」

誰かに体を揺さぶられている。重兵衛ははっと目を覚ました。

「大丈夫か。おい、重兵衛」

闇のなかに宗太夫の顔がある。重兵衛は身を起こした。

「ずいぶんうなされていたぞ」

「もう大丈夫です。ありがとうございます」

全身、汗びっしょりだ。

宗太夫はよく光る瞳で、じっと顔をのぞきこんでいる。

「水はいるか。持ってくるが」

「ありがとうございます。しかし、けっこうです」

宗太夫はふっと小さく息をついた。

「そうか。なにがあったか知らんが、あまり気に病まんことだ」

軽く重兵衛の肩を叩くと立ちあがり、隣の部屋に戻っていった。

襖が閉じられてしばらくしてから、重兵衛は夜具に身を横たえた。目を閉じたが、どうにも寝つけそうになかった。

四

鳴瀬左馬助《なるせさまのすけ》は、江戸まであと半日の距離まで迫っている。

とうに日は暮れ、刻限は四つに近い。

人通りの多い東海道といっても、この刻限になれば人けはまったくない。夜道の助けになる月も、厚い雲に隠れている。

歩の運びとともに徐々に夜は深まり、ときおり吹き抜ける風には冷たさが増してきつつあるが、汗ばんだ体にはむしろ心地いい。

右手にはずっと海が続いており、かぐわしい潮の匂いと打ち寄せる波の音は体から疲れを取り払ってくれる効果があるようで、足取りはずいぶんと軽くなっている。

このままなにもないのなら、朝には品川《しながわ》に着くのではないか。

しかし、そうはいきそうになかった。

先ほどから、左馬助は背中を執拗《しつよう》に見つめ続けている目を感じている。

つけ狙う者に、心当たりはない。

左馬助が国を出てきたことを知る者はただ一人。十分に信頼に足る人物で、自分を裏切るような真似は決してしない。

左馬助は刀から柄袋を取り、鯉口《こいぐち》を切った。

気を張って二町ほど足を進ませたとき、おや、と思った。不意に目が消えたのだ。

重しが取り去られたように背中が軽くなったが、どういうことなのかはかりかねた左馬助は、鯉口を切ったまま道を急いだ。

さらに一町ばかり行くと、今度は前から目を感じた。

だがさっきとは明らかにちがう目で、しかも一人ではない。五、六名はいる。

左馬助は足をゆるめることなく、眼差しが発せられている街道左手の藪《やぶ》に近づいた。

その藪は、数本かたまった松が投げかける濃い影に守られており、人がひそむには格好だ。

三間ほどまで近寄ると、長脇差らしい抜き身を手にした数名の男がばらばらと姿をあらわした。前途をさえぎったつもりだろうが、左馬助はなんの脅威も感じていない。

「あり金すべて置いてゆけ。大小と衣服も忘れるな」

目の前に立った首領らしい四十男が、凄《すご》みをにじませた声でいった。

江戸に幕府がひらかれて二百年以上たつというのに、いまだにこんなことをしている者がいるのか、と意外な感にとらわれた左馬助は、まじまじと六名の賊の顔を見た。

「はやくしろ」

首領がいらだったようにいう。

「断る。きさまらにやる金など、びた一文ない」

「なら、命をもらうがいいか」

「できるのかい」

鼻で笑った左馬助は、これ見よがしに音をさせて刀を鞘《さや》に戻した。

「なめた真似を」

首領は上段から長脇差を振りおろした。

左馬助は一瞬の動きで首領の横に出て、がら空きの脇腹に拳《こぶし》を叩きこんだ。首領は地に崩れ落ち、あっけなく悶絶した。

てめえっ。この野郎っ。怒号を発して次々に長脇差を振りかざした賊たちが躍りかかってくる。

左馬助は手刀と肘をつかって三名を弾き飛ばし、残りの二人を思いきり投げ飛ばした。瞬《まばた》き三回ほどの間に、六名全員が地に這いつくばっていた。いずれも体を苦しげによじり、顔をあげることすらできない。きこえるのはうめきだけだ。

左馬助は首領に歩み寄り、襟をつかんで体を引き起こした。

「おい、これに懲りて二度とこんな真似をするんじゃないぞ」

左馬助は、ぱしと首領の頬《ほお》を張った。

「きいてるのか」

首領はぱちりと目をあけた。

「は、はい、わかりました。ですので命だけはお助けを」

「殺す気があるんだったら、はなからやっている」

襟を放した左馬助は袴《はかま》の裾《すそ》をぱんぱんと払うと、なにごともなかったような顔で再び道を歩きはじめた。

一町ほど進んで、はっとうしろを振り返った。またさっきの目が戻ってきている。

深い闇が松とともに潮風に吹かれ続けているだけで、人の気配などどこにもない。

五

子供たちが来る前の教場の拭き掃除をしていると、宗太夫が呼びに来た。

「重兵衛」

「ちょっと来てくれ」

雑巾を桶に入れてあとをついてゆくと、台所を出た庭に一人の百姓が立っていた。

「茂助《もすけ》さんだ。そのたくあんを届けに来てくれた」

自分よりいくつか上と思える男が小さく笑い、頭を下げた。きりっと引き締まった端整な顔をしており、控えめな笑みに人を引きつけるものがある。

かたわらに置かれた手桶には五、六本のたくあんが入っていた。

「茂助さんはな、おまえをかつぎこむのを手伝ってくれた人だ」

「えっ、そうだったのですか。ありがとうございました」

重兵衛はあわてて礼をいった。

「なにしろ立派な体だからな、茂助さんが手伝ってくれなかったら難儀しただろう」

「いや、あっしはなにもしてませんよ」

茂助は照れくさそうにいった。

「でもこんなに元気になられて、とてもうれしいですよ」

「茂助さんはな、まだ若いのに青物づくりの腕は確かでな。村でも屈指だとわしは思っている。このたくあんだって絶品だぞ。ほら、あの梅干、あれも茂助さんが漬けたものだ」

「いや、あれはうちのやつですよ」

茂助は微笑で否定した。すっと笑いを消す。

「ところで、重兵衛さんはどこへ行こうとしていたんです」

「いや、どこへ行く当てもなかったそうだ」

「じゃあ、江戸へはなにしに」

「ただ出てきたにすぎん」

茂助は重兵衛に向き直った。

「重兵衛さん、国はどちらなんです。どうして出たんです。お侍ですか」

「茂助さん」

苦笑して宗太夫がたしなめる。

「子供じゃないんだから……重兵衛だって、いずれときが来れば話すよ」

茂助はわずかに表情を険しくした。

「じゃあ、村に長くいるつもりですか」

「よそ者が居つくのはいやなのかな」

宗太夫が目を細めた。その目を茂助はまともに受けとめた。

二人はにらみ合った。といっても、敵意を持ってのことではないのは一目でわかる。ただ、腹のうちを探り合うような微妙な色が互いの瞳に出ていた。

これはなんなのだろう、と重兵衛が二人を見直したとき、根負けしたように茂助が息を吐いた。

「いえ、別にそういうわけじゃないですけど」

宗太夫はにっこりと笑った。

「茂助さんも村を思ってのことだろうが、気に病むことはない。大丈夫、重兵衛は信ずるに値する男だ。重兵衛も気を悪くせんでくれ」

「もちろんです」

「じゃあ宗太夫さん、重兵衛さん、これでおいとまします。お邪魔さまでした」

茂助は頭を下げ、枝折戸《しおりど》を抜けてゆく。

「ありがとう。たくあんはさっそく食べてみるよ」

重兵衛と宗太夫は道に出て、茂助を見送った。

「茂助さんには一年ばかり前、子供が生まれたんだ。それまでも仕事はがんばっていたんだが、今では以前のがんばりがかすむくらいの働きぶりでな。まるで人がちがったみたいだ、とみんないっている」

道は七、八間ほどの幅を持つ新堀川に沿って西へ続いている。朝日を跳ね返す濃い緑のなか、茂助の背中が遠ざかってゆく。

つと、茂助が足をはやめたように見えた。行く手には、子供を抱く若い女が立っている。

「ああ、あれが女房のおさわさんだ。歳はまだ十八じゃなかったかな。ちょっと陰を感じさせるところはあるが、気立てのいいしっかり者だ。なかなかの美形だぞ」

「子供の名は」

「竹之助《たけのすけ》だ」

「何年か先には、ここに入ってくるわけですね」

「そうなるといいな」

大事な物を扱うように竹之助を受け取った茂助のあとを、おさわがゆっくりとついてゆく。こちらにもその仲むつまじさが伝わってくる光景だ。

「ところで……」

二人に流れたあのなんともいえない雰囲気の理由を、重兵衛はきこうとした。しかし、すぐにとどまった。

「そこのお屋敷はどちらの」

宗太夫の家のすぐ西側が武家屋敷になっている。

「下野大田原《しもつけおおたわら》家の下屋敷だ。一万千四百石というから、小さなお家だな。南側に見えるのは、寄合の戸田さまのお屋敷だ。両方とも二千坪はくだらんぞ」


八つに手習が終わって子供たちが帰っていったあと、宗太夫に来客があった。

「若い男が居候《いそうろう》してるってきいたんで、どんな男か顔を見に来たんだ」

客は幸蔵《こうぞう》といい、歳は二十代半ばのように思えた。縁側に腰かけ、宗太夫がいれた茶をうまそうに喫している。

宗太夫は幸蔵の前に正座をしている。茶請けには、茂助の持ってきたたくあんがだされていた。

「あんたがそうか」

重兵衛は頭を下げ、名乗った。

「ふーん、重兵衛さんか。見たところお侍のようだが、どうして宗太夫さんのところに」

幸蔵は意味ありげに宗太夫を見た。

「確か、師匠にはそっちの気はなかったよな」

「当たり前だ。わしには衆道のどこがいいのかさっぱりわからん」

幸蔵はたくあんをぼりぼりやった。

「うまいな、こりゃ。茂助かい」

「ああ、朝持ってきてくれた」

幸蔵は茶をがぶりと飲んだ。

「師匠、まだ質問に答えてもらってないぜ」

「そのあたりはおいおいわかる」

「いわくつきのお人かい。確かに、ただのご浪人という感じじゃないな」

「ところで、上総《かずさ》へ行ってたんだろう。いつ帰ったんだ」

「昨日さ」

幸蔵は首をひねった。

「師匠、今日は何日だったかな。旅から戻ってしばらくは、どうも日にちがよくわからなくなる」

「四月二十四日だ。どうだ、売れたのか」

幸蔵はにっと笑った。

「もちろんさ。上総は江戸からさして離れちゃいないが、やはりこちらから出向くと、そりゃ喜ばれるからな」

幸蔵は縁側にいくつかの商品を並べた。重兵衛が見ると、それらは色草子だった。

宗太夫が手に取り、ぱらぱらとめくった。鮮やかな色彩で、情けをかわす男女の姿態が描かれている。

「幸蔵さんは、上総や下総《しもうさ》のような近国へこれらを売り歩いているんだ」

「色草子だけじゃないよ。おなごがとても喜ぶ道具もだ」

つまりは淫具のような類《たぐい》だろう。

「どれでもいい、好きなのを一冊選びなよ。知り合ったよしみで、ただでいい」

重兵衛は困って宗太夫を見た。

「重兵衛はいらんそうだ。もうしまっていいよ」

「なんだ、そっちの趣味があるのは重兵衛さんか」

「とんでもない」

重兵衛はあわてて手を振った。

「そんなに恥ずかしがることはないぜ。誰でもやってるというわけじゃないが、さして珍しいことでもない」

「この男っぷりだぞ。おなごがほっとくわけないじゃないか」

宗太夫が助け船をだしてくれた。

「ふむ、確かにな」

「ところで、次はどこへ行くんだ。下総か」

「いや、今度は常陸《ひたち》へ行ってみようと思っている。品物を仕入れて、あさってには発つつもりだ」

「また半月帰ってこんのか」

「そういうことになるだろうな。けど、今回は俺、楽しみにしてるんだ。常陸はなにしろ久しぶりだからな。きっと飛ぶように売れるぜ」

幸蔵は重兵衛をちらりと見、宗太夫に問うた。

「ずっと置いとくのかい」

「そのつもりだ」

「ふん、仲のいいこった」

宗太夫が注いだおかわりを飲み、たくあんを小気味よく咀嚼《そしゃく》してから、幸蔵は立ちあがった。

「ごちそうさん。また来るよ」

片手をあげて、庭を出ていった。

幸蔵は北東へ七町ほど行った麻布本村町《ほんむらちょう》の一軒家に、一人で住んでいるという。

「北側は念招寺《ねんしょうじ》と要得寺《ようとくじ》という二つの寺で、西は麻布村の飛び地だ。ここも夜になれば相当寂しいが、あそこも町なかとはとても思えんほどだな。まあ、留守にすることが多いから、ろくに気にもしておらんだろうが」

宗太夫は冷めた茶を一すすりした。

「口は悪いが、なかなかいい男だ。大事な商品をあげようなんぞ、重兵衛、けっこう気に入られたみたいだぞ」

お茶を飲み終えてすぐ、思い立った宗太夫に連れられて、東へ三町ほどの距離にある家主の屋敷へ行った。

屋敷の北側に武家屋敷が建っている。上野安中《こうずけあんなか》で三万石を領する板倉《いたくら》家の抱屋敷《かかえやしき》とのことだ。

「なにしろ景色がいいから、大名や大身《たいしん》の旗本の下屋敷や抱屋敷がやたらに多い」

重兵衛たちは、風通しのいい奥の間に導かれた。

「で、いつまでいらっしゃるんです」

家主の田左衛門《たざえもん》は額から月代《さかやき》にかけて、てらてらと妙に赤い男だった。歳は五十くらいか。どことなく人のよさが全身からにじみ出ていて、ほのぼのとしたあたたかみを感じさせる。

「いつまでって、ずっといますよ」

宗太夫はしらっとした顔で答えた。

「この男もいずれどこかで手習師匠をはじめますが、まだまだ学んでおかねばならんことは山ほどあります。それをわしがつめこむように教えていかねばなりませんから、長いこと住むことになるのは当たり前ですよ」

「はあ、そういうものなのですか」

「村の正式な住人になることが決まったら、田左衛門さん、またよろしくお願いします」

「請人《うけにん》ですね」

「ええ。悪いようにはしませんから」

田左衛門の屋敷を出た宗太夫は、次は名主さんのところだ、といった。

「名主さんに許しをもらっておかねば、やはり住みにくかろうからな」

顎ひげをやぎのように垂らした名主の勝蔵《かつぞう》は、柔和な笑みを常に浮かべていそうな、いかにも村をまとめるにふさわしい温和な雰囲気をまとっていた。

だからといって威厳がないわけではなく、この人に命じられたら下の者は必ずしたがうだろう、と思わせるだけの器量は十分にたたえている。

「ほう、宗太夫さんのお弟子さん」

好々爺然《こうこうやぜん》とにこにこ笑って重兵衛を見る。

「はい、手前になにかあった場合のあと釜ですよ」

「そんな、縁起でもない」

勝蔵は穏やかな目を向けてきた。

「重兵衛さん、一日もはやく村の正式な住人になることを手前は望みますよ」

六

「宗太夫さん、いらっしゃいますか」

夕刻、宗太夫が夕餉の支度に取りかかったとき、外から訪う声がした。

「あの声はお知香さんだな。それにしても、今日は客が多いな」

台所を出かけて、宗太夫は振り返った。

「重兵衛も来い。幸蔵と同じで、顔を見に来たんだろう」

お知香という名に、重兵衛はきき覚えがあった。確かお美代が口にしていた。

朝、茂助がいたところに、もう産み月では、と思える大きなおなかをした若い女が夕日を浴びて立っていた。底の深い皿を両手で大事そうに持っている。

その斜めうしろに、女と同じ歳の頃と思える男が寄り添うようにしている。すばらしく盛りあがった筋骨の持ち主だ。

「おう、長太郎《ちょうたろう》さんも一緒か」

「なんでも、男の人が逗留《とうりゅう》されているときききましたんで顔を見に。そちらの方が」

長太郎と呼ばれた男が、子供のような興味を浮かべた瞳できく。

「なにしろ話題の少ない村なんで、ご迷惑でしょうが、そのあたりはどうぞご勘弁を」

歩み出た重兵衛は一礼して、名乗った。

二人も名乗り返してきた。長太郎は半町ほど南で、鍛冶屋をやっているという。

「腕はすごくいいんだ。なにしろ、村の外からも注文がひっきりなしだから」

「お師匠さん、あまりほめないでください、すぐ天狗になるんで。重兵衛さんはおいくつです」

お知香がきく。

「二十三です」

「私と同じですね」

「おい、なにをうれしそうにいってるんだ」

「あら、焼いてるの」

「誰がおめえみたいなおたふく」

お知香の目はくっきりとした二重で、とてもおたふくとはいえないが、身籠《みごも》っているせいか頬はふっくらしている。

「そのおたふくをこんなふうにしたのはどこの誰よ」

「まあまあ二人とも」

宗太夫があいだに入った。

「お知香さん、それは」

「そうそう、煮しめをつくったんで持ってきました。お口に合うかどうか」

「合うに決まっているさ。お知香さんの煮しめは実にうまいからな」

宗太夫はいかにもうれしそうに皿を受け取った。

「お知香さん、今月だよな」

「ええ、おせいさんによれば、あと半月もかからないだろうって。あ、重兵衛さん、おせいさんというのは近くに住む取上婆です」

重兵衛は笑ってうなずいた。

「長太郎さん、楽しみだな。待ちに待った子供だものな」

宗太夫がいうと、長太郎は満面に笑みをたたえた。

「ええ、待ち遠しくてならないですよ。無事に生まれてさえくれたら、なにもいうことはないんですが」

初夏の日が西の端に完全に没する前に、二人は帰っていった。


――からめ取られたように動きが自由にならなくなった刀をはっとして見ると、切っ先が男の腹に突き刺さっていた。

信じられないという思いを横溢《おういつ》させ、男は目を一杯に見ひらいて、重兵衛を凝視している。なにかいいたげに口を動かしたが、言葉にはならず、力が抜けたようにがくりと両膝《ひざ》をついた。

愕然《がくぜん》とした重兵衛が刀から手を離すと同時に、横合いから刀が振りおろされた。

重兵衛は意識することなくかわし、声にならない声をあげて夜道を走りはじめた。

「逃げるか」

源右衛門の叫びがきこえた気がしたが、重兵衛は立ちどまらなかった。

走って走って、ひたすら走った。

目の前にあの瞳がある。足をどれだけ動かしても、振り払うことができない。総身にまとわりついてくるようだ――。

重兵衛は夢を見ていることにようやく気づいた。次の瞬間、暗い天井が目に飛びこんできた。

左側の襖に目を向ける。

ひらく気配はなく、規則正しい寝息がわずかにきこえている。

重兵衛はそっと安堵の息を漏らした。

七

鳴瀬左馬助が永田町《ながたちょう》にある上屋敷に着いて三日がすぎ、日は四月二十六日になった。

永田町界隈《かいわい》は、大名屋敷や旗本屋敷ばかりだ。北は出雲松江《いずもまつえ》で十八万六千石を領する松平《まつだいら》家と境を接し、門前の三辺坂《さんべざか》をはさんだ向かいは和泉伯太《いずみはくた》一万三千五百石の渡辺《わたなべ》家上屋敷、南はこれも和泉岸和田《きしわだ》で五万三千石を食む岡部《はおかべ》家の上屋敷だ。

松江松平家の北側には赤坂門《あかさか》があり、そのさらに北には御三家の紀伊《きい》五十五万五千石の中屋敷、そのすぐ西には譜代筆頭というべき近江彦根井伊《おうみひこねいい》家の中屋敷が建っている。

そのほかにもおびただしい数の武家屋敷が立ち並び、六町ほど東の桜田堀《さくらだぼり》までのあいだに町地はまったくない。

こういう武家地の中心とも呼ぶべき地に主家の上屋敷があるのは武門の誉《ほま》れというべきだろうが、国から出てきたばかりの者には、あたりがすべて黒塀やなまこ壁ばかりというのは、さすがに堅苦しい感は否めない。

左馬助は三日のあいだ、御長屋と呼ばれる、上屋敷のぐるりを塀としてめぐる二階建ての建物の一室で一人ときをすごしてきた。

広さは六畳で、一人なら十分すぎるほどの広さだが、書見以外なにもすることがなく退屈なことこの上ない。

上屋敷には留守居の者や勤番だけでなく、医師、儒者も合わせて二百名近い者が暮らしている。

このなかで親しい者がいないわけではなく、特に江戸家老の今井将監《いまいしょうげん》には目をかけてもらっているが、今のところ来着の挨拶をした程度で、格別の話はかわしていない。

なにしろ忙しい人だ。将監は、むろん、左馬助の江戸における目的を知っている。

左馬助はごろりと寝転び、腕枕をした。だいぶ見慣れてきた薄汚れた天井が目に映る。前にここで暮らしていた者も、同じしみや汚れを目にしたのだろうな、と思った。

ふと、女の顔が浮かんできた。もう四年も会っていないのに、面差《おもざし》は目の前にあるようにくっきりと思い浮かんだ。

歳は左馬助より二つ下の二十一。

もう人の妻になっているのだろうな、と思ったら、胸をかきむしられるような気分になった。

この気持ちを払拭《ふっしょく》するには刀を振るのが最もいいのだろうが、ここでは無理だ。

左馬助は腹に力を入れ、起きあがった。

「紋兵衛《もんべえ》、はやく来てくれ」

口にだしてつぶやいた。

できるなら紋兵衛の手伝いをしたいくらいだが、しかしそれは本分ではない。

その道をもっぱらにする者に依頼した以上、すべてまかせるべきだった。

紋兵衛はなにしろすばらしい腕利きなのだ。さほどときを置くことなく、居場所を探り当ててくれるはずだ。

ただし、もし仇を目の前にしたとき果たして冷静でいられるものか。刀に手を置いた途端、斬り殺してしまうのではないか。

左馬助は懐から根付を取りだし、目を落とした。

狐と狸ががっぷり組み合って相撲をしている意匠で、なかなか珍しいものだ。

父上、と心のなかで左馬助は呼びかけた。

疑って申しわけありませんでした。

八

重兵衛が宗太夫の手習所で目を覚ましてから、はやくも十日がたった。二十九日となり、四月も余すところ一日のみだ。

太陽は夏の色に変わりつつあり、透明さを増した青い空から注がれる陽射しはずいぶんと白っぽくなっている。

だが、これで一目散に夏がやってくることはない。じきうっとうしい梅雨《つゆ》だ。

その梅雨の前触れともいえるような冷たい雨が二日降り続いたせいか、宗太夫が風邪をひいた。

昨日、熱があるのがわかっていながら無理をしたのが悪かったのだろう、宗太夫は今朝になって起きあがれなくなってしまった。

「重兵衛、今日はおまえが教えてやってくれ」

枕元に座った重兵衛にこう告げた。熱っぽく、瞳が潤んでいる。

額の手拭いを取り替えた重兵衛はその熱さに少し驚いた。手桶の水で冷たさを取り戻した手拭いを額に置き直す。

「しかし手前にできますか」

「大丈夫だ。おまえならやれる。わしなんかよりずっと向いている」

それでも重兵衛は躊躇《ちゅうちょ》しかけたが、ときおり激しく咳《せ》きこむ宗太夫の懇願を無視するなどできることではなかった。

教場に入ってきた子供たちは宗太夫がいないことを不思議に感じたようだが、重兵衛が理由を説明すると、すぐに心配の声をあげた。

「一日寝ていれば、大丈夫だ。明日には、元気な顔が見られるよ」

「今日はじゃあ、手習は休みなの」

そういったのは吉五郎だった。顔に期待の色が刻まれている。

他の子供たちも、休みになってくれるのを望んでいるようだ。一日遊び放題になるのだから気持ちはよくわかる。

「いや、やるよ」

なにげない調子でいって、重兵衛は教場内を見渡した。

「でも、お師匠さんがいないんじゃあ」

吉五郎がいうと、お美代がはっとした顔つきで重兵衛を見つめた。

「じゃあ」

「うん、今日は俺が教える」

不満の声が出るのでは、と怖れていたが、子供たちの顔に好意的な笑みが浮かんだのを見て、重兵衛は心からほっとした。

「ただし、算学はまるで駄目だし、肝心の農学もほとんど知らない。俺としては、手習の基本である習字からはじめていこうと思っている。師匠として手習も同然だから、みんなに力を貸してもらえたら、と考えている」

子供たちは自然に受け入れてくれた。

お美代や吉五郎、松之介たちは重兵衛の筆のうまさ、巧みさに顔を見合わせたほどで、手習が終わる頃には、どの顔にも尊敬の色が浮かんでいた。

重兵衛は書道にだけは自信があった。誰にも負けないなどという傲慢《ごうまん》な気持ちはないが、少なくとも人に教えても恥ずかしくない水準にあるとは考えていた。

誰の血を引いたのかな、とよく父に代書を頼まれたものだ。家塾の師匠の教えもよかったのだろうが、母方の祖父がすばらしい手跡の持ち主だったそうで、きっとその血を受け継いだのだろう。

一日だけだったはずなのに、宗太夫の風邪は長引き、結局、重兵衛は四日やった。

「やっぱり、重兵衛を置いといたのは正解だったな。これからもずっといてくれ。遠慮はいらん」

五月二日の手習もつつがなくすんで子供たちが帰っていったあと、床から起きた宗太夫にうれしそうにいわれ、無事大役を終わらせることができた重兵衛も、心の弾みを抑えきれずにいる。

「いや、しかし汗をかきました」

「でも、楽しかったろ」

「はい、すごく」

「その気持ちが大事なんだ。教える喜びを感じんやつは、手習師匠には向いておらん」

重兵衛が手習の見本として記した書を、宗太夫は目の前に広げた。

「しかしすばらしいな。これだけの手跡にはめったにお目にかかれんぞ」

宗太夫は体をよじって、壁際の文机に置かれている書を三冊手にした。

「だが、さすがに習字だけではまずいから、農学にも励んでみることだな」

手渡された三冊を見ると、一冊は重兵衛も目にした『百姓往来』、あとの二冊は『農業往来』と『農隙余談《のうげきよだん》』という書だった。

「しかし重兵衛」

宗太夫が笑いかけてきた。

「だいぶ心のほうも元気になってきたようだな。以前は日暮れ頃になるとずいぶん暗い顔をしていたし、糸の切れた凧《たこ》のような頼りなさ、心細さを見せていたものだったが、今はもうそんなことはないものな。きっと子供たちに癒《いや》されたのだろう」

それは重兵衛も実感している。悪夢を見ることもないし、生きる力が体に満ちつつある。

もう一眠りする、という宗太夫のもとを離れ、自室に戻った重兵衛はさっそく書をひらいてみた。

三冊の書には「田法の事」「風雨年中吉凶」「農業の教」などの章が立てられ、百姓としての心得や春夏秋冬における田畑での作業のやり方、凶作時にはどうすべきか、等いずれもこと細かに記されていた。

あくる三日は宗太夫がいつも通り、子供たちを指導した。体はすっかり元通りになり、顔にもつややかさが戻ってきている。

それからなにごともなく数日がたち、昼夜を問わず勉学に励んだ重兵衛の農学への造詣《ぞうけい》も、だいぶ深いものになりつつあった。

「重兵衛、ちょっと使いに出てくれんか」

五月六日のことだった。子供たちが帰っていった八つすぎに、宗太夫が頼みごとをしてきた。

「木挽町《こびきちょう》まで行ってほしいんだが」

「木挽町ですか」

重兵衛は一瞬躊躇した。

「うん。なにか行けぬ事情でもあるのか」

宗太夫が怪訝《けげん》そうにきく。

「それなら無理に頼まんが」

「いえ、大丈夫です。行きます」

場所をきいた重兵衛は、宗太夫から託された文を大事に懐にしまい入れ、外に出ようとした。

「道は知っているのか」

「はい、知っています」

思わずいってしまった。

宗太夫はおや、という顔をした。

「そうか。なら、気をつけて行ってくれ」

新堀川沿いの土手道を東へ一町も行かないときだった。不意に、甲高い鳴き声をあげて柴犬がじゃれついてきた。

「遊んでやりたいが、今は駄目なんだ」

いかにも賢そうなかわいい犬で追い払う気にはならず、しばらく一緒に歩いていたが、あまりにきゃんきゃんと激しく鳴く様子に、さすがに重兵衛は不審を覚えた。

「おまえ、なにか知らせたいことでもあるのか」

重兵衛の心を読んだのか、犬は一つ大きく鳴くや走りだした。尾を振りながら土手道かられ、細い脇道に入ってゆく。

その道はすぐ横を新堀川からひかれた水路が流れていて、水路と道のあいだにはこんもりとした土手が続いている。

ときおり振り返ってはついてきていることを確かめるようなそぶりを繰り返す犬に導かれて、やがて重兵衛はばたばたと前後に激しく動く白い二本の足を見つけた。

道から下がったところに生える松の大木と土手とのあいだに、すっぽりと体をはさまれて、頭が下になってしまっている。

いったいどうすればこういうふうになるのか、と目を疑うような光景だったが、娘は声にならない声をだして苦しんでいる様子で、一刻もはやく救いださねばならないのは明白だった。

地面を蹴った重兵衛は滑るようにして、その場におりた。

「今、助けるからな」

声をかけておいてから大木の横に体をこじ入れ、娘の体をぐいと持ちあげた。

首のあたりまで土にめりこんでおり、力を要したが、娘の頭はすぽんと抜けた。

「大丈夫か」

長く海中にいた海女のように荒い息を吐く娘を、大木の脇に座らせた。

顔は口許まで泥だらけだ。犬が飛びつき、ぺろぺろとなめはじめる。

娘は口のなかの土をぺっぺっと吐きだし、それから激しく咳きこみはじめた。重兵衛はやさしく背中をさすってやった。

やがて咳がとまり、娘はようやく落ち着いた。犬を脇に置いて、深く頭を下げる。

「もう大丈夫です。ありがとうございました。お手数をおかけしました」

耳に快い、美しい声だ。そそっかしさなど微塵《みじん》も感じさせない。

重兵衛は懐から手拭いを取りだした。

娘は遠慮したが、その顔では家まで帰れまい、と重兵衛にいわれて、受け取った。

娘は下を向いて、しきりに顔をこすっている。状況が状況だけに、あまり長く一緒にいられても迷惑なだけだろう、と重兵衛は判断した。

「娘さん、用があるのでな、すまぬがこれで失礼する」

「あの、これは洗濯してお返しします」

あげた顔に重兵衛はどきりとした。

まだ泥は完全に取れたわけではないが、色の白さは隠しようがない。

歳は十七、八か。いわゆるうりざね顔に高い鼻と切れ長の目がのっている。黒々とした瞳はほがらかに澄んでいる。

「ああ、ではそうしてくれるか」

重兵衛は、宗太夫の世話になっている旨をいい、名を告げた。

「重兵衛さんですか」

娘は宗太夫のところの若い居候のことは知っている様子で、納得した表情を見せた。

「では、これでな。気をつけて帰りなさい」

立ちあがった重兵衛は道を戻り、新堀川沿いの土手道に出た。

九

道を東へ八町ばかり行くと、新堀川は北へ曲がりはじめる。重兵衛は道なりに六町ほど進んだ。一本の橋が視野に入っている。

二之橋《にのはし》という橋で、それを渡らず右に口をあけている道に入る。

そこは三田久保町《みたくぼちょう》で、重兵衛は東へ歩を進めた。やがて両側を広壮な武家屋敷がはさみこんできた。北は筑後久留米有馬家《ちくごくるめありま》二十一万石の上屋敷で、南は伊予松山《いよまつやま》松平家十五万石の中屋敷だ。

道をそのまま東へ向かう。綱ケ手引坂《つながてびきざか》と呼ばれる坂をくだり、薩摩《さつま》屋敷に沿う道を東へさらに行く。

六町ほど進んで屋敷の長大な黒塀が切れた突き当たりを左へ曲がり、金杉橋《かなすぎばし》を渡って浜松町《はままっちょう》を北へ通り抜ける。神明町《しんめいちょう》、宇田川町《うだがわちょう》、柴井町《しばいちょう》、露月町《ろげつちょう》、源助町《げんすけちょう》と進んで芝口橋《しばぐちばし》を越える。

四町ほど行ったところで町は尾張町《おわりちょう》になる。一丁目の角を右へ入って、三十間堀《さんじっけんぼり》にかかる三原橋《みはらばし》を渡った。そこはすでに木挽町で、三丁目と四丁目の境だ。

ここまで来て、さすがに重兵衛は緊張を覚え、足をとめた。およそ一里半の距離を半刻足らずで歩き通したが、その疲れ知らずの足も重くなっている。

ただ、濃く漂う潮の香りが以前とまったく変わっておらず、そのことがわずかに重兵衛の心を慰めた。

目的の家は二丁目にある。

重兵衛は道を左に取った。まわりを気にしつつ歩く。頬がこわばっているのが自分でもわかる。

少し迷ったが、人にきいたら家はすぐに知れた。

しもた屋らしい立派な一軒家だが、雨漏りでもしているのか、鳶《とび》らしい者が一人、屋根の修繕をしていた。ちらっと重兵衛のほうを見て、明るい笑顔で会釈をしてきた。重兵衛も軽く頭を下げた。

枝折戸のほうへまわって訪うと、縁側に出てきたのは宗太夫と同じくらいの歳の浪人だった。刀を左手に下げている。

これだけの家に浪人が住んでいるとは意外だったが、その思いを外にだすことなく、重兵衛はたずねた。

「石橋二郎兵衛《いしばしじろべえ》どのですか」

「そうだが」

男は低い声で答えた。見知らぬ者の来訪に警戒している。じっと見つめる瞳に抜き身のようなぎらつきがある。

重兵衛は名乗り、用向きを告げて文を差しだした。

「ほう、宗太夫から」

わずかに警戒の色を薄くした二郎兵衛は受け取り、その場で封を切った。一気に読みくだす。

「では、これで失礼いたします」

用の済んだ重兵衛は枝折戸を出てゆこうとした。

「そんなに急いで帰らずともよかろう。あがってゆけ」

どうやら客に飢えているようだ。重兵衛はこの浪人が持つ威圧感に胸を押されていたが、むげに断るのも悪い気がして、招きにしたがった。

奥の座敷に入った重兵衛は正座をした。向かいにあぐらをかいた二郎兵衛は刀をすぐに抜ける左側に置いた。重兵衛は気づかない顔をしたが、さすがにいい気分はしない。

「膝を崩せ」

いわれたが、重兵衛は固辞した。

「かたいんだな」

ふん、と二郎兵衛は馬鹿にしたように鼻で笑った。

「宗太夫の用件はたいしたものではない。いい酒が入ったから明日こちらに来てくれ、だとよ。明日、手習所は休みか」

「その通りです」

厳密に決まっているわけではないが、暦《こよみ》などにより数日ごとに休みになっている。

「ふん、酒が飲みたくなったら休みか。宗太夫も気楽でいいな」

二郎兵衛は小柄だががっちりとした体軀《たいく》の持ち主で、浅黒い肌をしている。ただし、月代は伸び放題だし、身に着けている小袖は上等だが、いつ洗濯したのかわからないようなくたびれ方だ。掃除など一度もしたことがないように畳には埃《ほこり》が積もっており、二郎兵衛の足の裏は真っ黒になっている。

急に二郎兵衛は底光りする瞳で見つめてきた。殺気すら覚えさせる凝視に、重兵衛は身が引き締まるのを感じた。

「きさま、宗太夫とはどういう関係だ。どうやら浪人らしいが、その割に脇差しか帯びておらぬのはなぜだ」

沈黙がその場を支配した。

「答える気はないか。なら、俺からいっておくか。俺と宗太夫とは同郷だ。つき合いはもう二十年以上になる」

「同郷といわれますと」

「どこでもよかろう。きさま、酒は飲めるのか」

「いえ」

「なに。一滴もか」

二郎兵衛は、そんな者がこの世にいることが信じられないというような表情をした。

無言で立ちあがると左手の襖をあけ、廊下に出ていった。戻ってきたときには大徳利《おおどっくり》と茶碗を手にしていた。

茶碗になみなみと注ぎ、徳利を抱くようにして飲みはじめた。

そんなに強くはないらしく、すぐに赤くなった二郎兵衛は口をひん曲げ、目を怒らしている。表情に色濃くあらわれているのは、苛立ち以外のなにものでもない。

どうやら、好きではじめた酒ではないようだ。身のうちから湧きあがってくる憤怒や不満を紛らわせるためのものでしかないらしく、二郎兵衛は苦い薬でも飲みくだすような顔で茶碗を傾けている。

どんと乱暴に茶碗を置いた。飛び跳ねた酒が畳にいくつかのしみをつくる。

「宗太夫とは三年前、ともに語らって故郷を出てきたのだ」

口の端から垂れた酒を手の甲でぬぐう。

二人が江戸へ出てきたのがそんなに遠い昔のことではないことに、重兵衛は軽い驚きを覚えた。

いわれてみれば……。

重兵衛は二郎兵衛を見直した。すさんだ暮らしを長く続けているのは確かだろうが、二郎兵衛には生まれついての浪人というにおいはあまりしない。となると、元はれっきとした主家持ちだったのだろうか。

主家か……。

片膝を立て濃いすね毛を丸だしに酒を飲み続けている姿を見ていられなくなって、重兵衛は目を落とした。一瞬、三年後の自分が見えたような気がした。

「きさま。なにを憐れむ目をしている」

重兵衛は顔をあげた。粘るような光をたたえた二つの瞳にぶつかった。重兵衛は力をこめることなく自然に見返した。

しばらくにらみ合うような形になっていたが、やがて酔いがさめたように首を振って二郎兵衛は目をそらした。

「師匠は、故郷でも手習師匠を」

息を一つ入れて、重兵衛はきいた。

「宗太夫か。やつは……」

いいかけて二郎兵衛は口を閉じた。

「それよりきさまのことだ。まだ宗太夫との関係を答えておらんぞ」

重兵衛は宗太夫に世話になっていることをいい、そのいきさつを語った。

「行き倒れただと。どうしてだ」

「旅の途中で路銀がなくなりまして。羽織袴まで売り払ったのですが」

「やはり侍だったのか。元はどこぞの大名の家来か」

二郎兵衛は口をゆがめ、低い笑い声を漏らした。酒を一気に飲み干す。

「刀は何流だ。その若さだが、とうに免許皆伝だろう」

二郎兵衛はしばらく重兵衛を見つめていたが、なにも得られないことを知ると、また酒を干した。

「俺もけっこう遣えるぜ。きさまならもう見抜いているだろうがな」

その通りだ。二郎兵衛は相当の手練《てだれ》だ。

「やり合ったらどっちが強いかな……」

二郎兵衛は左手に刀を握り、全身に気合をみなぎらせた。今にも抜くのでは、と重兵衛は背筋が薄ら寒くなるのを感じたが、いつでも応じられるように息をとめて二郎兵衛の動きを注視した。

不意に二郎兵衛が体から力を抜き、納得した顔を見せた。

「きさま、人を斬っているな。その目のぎらつきは人殺しのものだ」

十

二郎兵衛はあくる日の四つすぎにやってきて、宗太夫と二人で酒を酌みかわした。

宗太夫に誘われたが、剣呑《けんのん》な二郎兵衛との同席は遠慮したく、重兵衛はやんわりと断った。それに、酒を一滴も飲めないというのは嘘でも誇張でもない。

宗太夫もけっこういける口らしく、酒が進むにつれ、互いの声は高くなってゆく。

話しているのはどうやら故郷のことが主のようだが、盗みぎきはしたくない重兵衛は外に出、井戸端の石に腰かけて『農業往来』を読みはじめた。

昼をまわり、さらに酔った二人が、上方《かみがた》の言葉で話しはじめたのが耳に届いた。

さすがに重兵衛は顔をあげた。

「そんなことあらへんやろ」

「なにいうとんのや」

「そんなの当たり前やがな」

まさかあの二人が上方の出とは思わなかった。これまで同じ屋根の下で暮らしてきて、宗太夫がそんなそぶりを見せたことは一度もない。

二郎兵衛とは思えないほど明るい笑い声もきこえてきた。こうして宗太夫とは馬が合う様子だから、以前は快活な性格だったのかもしれない。

やがて七つ近くになって酒も尽き、二人は座敷を出てきた。

二郎兵衛は、ああ酔うた酔うた、と上機嫌だが、ひどくふらついており、足取りも危なっかしい。

無事帰りつけるか危惧した重兵衛は一応供につくことを申し出たが、そんな気づかいいらへんわ、と一蹴された。

縁側から道に出た二郎兵衛の足取りは絵に描いたような千鳥足だが、それでも見誤ることなく家の方向を目指してゆく。

宗太夫もかなり酔っていた。二郎兵衛の見送りに出たものの、座敷に戻ると、崩れ落ちるように横になり、豪快にいびきをかきはじめた。起こしても起きそうになかったので、重兵衛は宗太夫愛用の掻巻《かいまき》を上からかけた。

座敷は酒の香で一杯だ。重兵衛は、横に倒れてしずくを垂らしている湯飲みや大徳利を手際よく片づけた。

夕刻になり、宗太夫に教えこまれてだいぶ上達した重兵衛は食事をつくったが、一度は起きた宗太夫はほとんど口をつけることなく再び大きないびきをかいて、台所で寝入ってしまった。

揺り起こしても起きず、仕方なく重兵衛は宗太夫を寝間に運んだ。夜具を敷き、その上に寝かせる。

枕に頭を乗せた瞬間、宗太夫は目をうっすらとあけたが、重兵衛を認めたわけではないらしく、うなだれるように首を落とした。いびきはとまり、いつもの規則正しい寝息をたてはじめている。

重兵衛は一人で夕餉をとった。それから火の始末をしっかりとし、寝間に戻った。行灯《あんどん》に火を入れ、文机に『農業往来』を置いて読みはじめた。四半刻ほどで目の疲れを覚え、閉じた。

灯火を消し、夜具に横たわる。あっという間に眠りに引きこまれた。

どれくらいたったか、重兵衛は妙な声をきいたように感じ、目を覚ました。

今はきこえない。しばらく耳を澄ましていたが、やはりきこえない。空耳だったか、と目を閉じる。

眠りに落ちる一歩手前をたゆたっていると、また先ほどの声がした。

重兵衛はがばと跳ね起きた。

隣の間からきこえてくるのは、得体の知れない獣のうなりのような叫びだ。

襖をあけた重兵衛は畳にひざまずき、師匠と呼びかけて宗太夫の体を揺らした。

何度か繰り返すと、宗太夫はいきなり上体をあげ、つかみかかってきた。驚いた重兵衛が強く呼びかけると、我に返った。

「重兵衛か」

ほっとしたように大きく息をつく。

「大丈夫ですか。うなされてましたが」

この前とまったく逆の状況だ。

「ああ、もう大丈夫だ。すまんが、水を一杯くれんか」

行灯に火を入れてから重兵衛は台所に行き、湯飲みに水を汲んだ。

汗びっしょりの宗太夫は湯飲みを受け取ると、一気に飲み干した。重兵衛に微笑してみせ、悪い夢を見た、と穏やかにいった。

十一

鳴瀬左馬助が上屋敷に滞在して、すでに十日あまりが経過した。五月も端午の節句をすぎている。

紋兵衛はまだ来ない。腕利きといえども、さすがに手間取っているのだ。捜す相手がよほど巧妙に身を隠しているのが知れた。

かなり我慢強いほうであるのを自負しているものの、さすがにただじっとしているのは苦痛以外のなにものでもなくなってきた。なにか気晴らしをしたかった。

よし、と決断した。これ以上閉じこもっているのは体に毒だ。

隣室の川口忠一郎《かわぐちちゅういちろう》を訪ねる。他出の際は忠一郎に行き先を必ず教えるよう、江戸家老からかたく命じられている。

「珍しいですね。どちらまで」

三十ちょうどの忠一郎は、三河刈屋《みかわかりや》に妻子を残して今年、勤番として江戸に出てきた。

郷里の屋敷は、左馬助の実家である郡奉行所の者が住まう組屋敷とほんの半町ほどの距離でしかない。だから、幼い頃から互いに顔は見知っている。

忠一郎の顔には下卑た色が見える。左馬助が色町に繰りだすとでも考えているようだ。

「なんならお供しましょうか」

左馬助が笑みを浮かべて行く先を告げた途端、忠一郎から興味の色は失せた。

門をくぐって左馬助は道に出た。左右を見渡し、思いきり息を吸いこむ。

久しぶりに娑婆《しゃば》の風を浴びたようで、頭と体が一気にすっきりした。その気分のよさのまま歩きはじめる。

向かったのは麻布坂江町《さかえちょう》。十七から十九までの三年間、通っていた道場がある。

七年前の十六歳のときに行われた家中の御前試合で、左馬助は見事に六人抜きを演じ、主君のお声がかりによる江戸での剣術修行が認められたのだ。

赤坂門を抜け、お堀沿いを南にくだる。道はすぐに麻布と呼ばれる場所に入った。

麻布と一口にいっても広く、あたりは谷と坂がやたらに多い錯綜した地形だ。

麻布坂江町自体の名もそうだし、坂江町の近くには落合坂《おちあいざか》、幸国寺坂《こうこくじざか》、南部坂《なんぶざか》などがあり、道はのぼりくだりを何度も繰り返す。

道場に近づくにつれ、心の臓がどきどきし、気持ちが高ぶってきた。

建物は、四年前とまったく変わっていなかった。

左馬助は胸が一杯になった。道場内におさまりきらない甲高い気合と激しく打ち合う竹刀《しない》の音が、じかに腹に響いてくる。

連子窓をのぞくと、三十名近い者が稽古をしているのが見えた。

訪いを入れる。出てきた若い門人に名乗り、師範に会いたい旨を告げた。

不審そうな顔で下がった門人だったが、再度左馬助の前に姿を見せたときには、少しあわてていた。

「どうぞ、お入りください。お目にかかるそうです」

なかに入り、奥の座敷にいざなわれた。左馬助は畳に正座をした。

茶を持ってきた別の門人が去った左手の襖にやがて人の気配が立ち、襖がすっとひらかれた。

道場主の堀井新蔵《ほりいしんぞう》がこぼれんばかりの笑顔で立っている。

左馬助は畳に手をつき、こうべをたれた。

「ご無沙汰しておりました」

「うむ、久しいな」

身ごなしも軽く新蔵は向かいに端座した。

「四年ぶりか」

新蔵はやや身を乗りだした。

「ふむ、元気そうではないか。顔色もよい。江戸にはいつ」

「は、十日ほど前に」

「そんなに前か。そのあいだ挨拶にも来んとは、ずいぶんきらわれたものだな」

「とんでもない。江戸に着いてから、ずっと飛んでゆきたい気持ちでおりました」

「冗談だ。気持ちはわかっている。宮仕えの身ではいろいろあるものな」

新蔵は穏やかに笑った。

この笑い声も、左馬助がずっとききたいと思っていたものの一つだ。

「まあ、いつまでもそんなにかしこまってないで、顔をあげなさい」

左馬助はその言葉にしたがった。

目の前に師範の面長の顔がある。温和な色をたたえた瞳だが、竹刀を手に対峙《たいじ》した瞬間、青みを帯びた獣の光を放つ。その目に見据えられ、動きが取れなくなった経験が何度もある。

いつも笑みを含んでいる口許も稽古の際はかたく引き締められ、ときに発せられる裂帛《れっぱく》の気合に、間合を見誤らせられたことは一度や二度ではない。

来年で五十になるはずだが、常に鍛え続けていることもあるのか、五つは若く見えた。額のしわが少し深くなったくらいで、四年前とさほど面差しに変わりはない。

「今回の滞在は長くなりそうなのか」

「長くなるものかどうか」

「なんだ、歯切れが悪いな。左馬助らしくもない。ああ、お役目がからんでいるのか」

「人を捜しだし、連れ帰ることを命じられています」

「おいおい、わしになどいっていいのか」

「誰よりもお口がかたいことは存じていますから」

「いつからそんなに口がうまくなった」

新蔵はうれしそうに笑い、茶を一口喫した。

「誰を、とはさすがにきけんな。見つかりそうか」

「今のところはまだ」

新蔵は顎をなでさすった。

「もしや、紋兵衛どのを頼んでいるのか」

「その通りです」

「そうか。江戸広しといえども、紋兵衛どの以上の腕利きはおるまい。あのときの働きは見事だったものな」

四年前、門弟の四つになる子供が行方知れずになるという騒ぎがあった。

その際、依頼を受けた紋兵衛は三日でその男の子を捜しだしたのだ。この江戸の町で人捜しを生業《なりわい》にしている者がどれだけいるのか左馬助は知らないが、そのなかでも屈指であることはまずまちがいない。

新蔵は左馬助の顔色を読む目をした。

「ふむ、その紋兵衛どのでもてこずっているのか……」

新蔵は深く腕を組んだ。しばらく黙っていたが、腕組みを解くや口をひらいた。

「左馬助、挨拶だけに立ち寄ったわけではあるまい。久しぶりに立ち合うか。腕が落ちてないか、見てやろう」

「師範自らですか」

「いやか」

「望外の喜びです」

「師範代を置いておらぬから、おまえほどの者の相手はわしがやるしかないのさ」

「えっ、田村《たむら》さんはどうされたのです」

田村織之介《おりのすけ》。左馬助が道場を去るとき、師範代をやっていた。

「つい半年前、独り立ちした。今は網代町《あみしろちょう》で道場をひらいている」

麻布網代町なら、ここから南へ十二、三町くだったところだ。

「別に喧嘩別れしたわけではないぞ。商人でいえば、暖簾《のれん》わけといったところだな」

「今泉《いまいずみ》さんはどうなのです」

これも高弟の一人で、歳は今、三十ちょうどのはずだ。

「今泉を推す声があるのは事実だな」

道場に入った新蔵は左馬助を門弟たちに紹介し、防具をつけさせた。

全員が壁際に下がり広々とした道場のまんなかで、左馬助は新蔵と竹刀をかまえて向き合った。

ため息が出そうだった。それほど新蔵のかまえは自然で、隙《すき》がない。江戸でさして知られているわけではないが、五指に数えられても不思議はない剣客だろう。

三度立ち合い、三度とも左馬助は負けた。まったく歯が立たなかった。

「腕が落ちているとも思えんが、あがってもおらんな。鍛えれば、いずれわしを陵駕《りょうが》できるだけの素質はあるのだが」

汗一つかいていない新蔵は少し残念そうにいって、道場内を見渡した。

「山名《やまな》、細江《ほそえ》、滝川《たきがわ》。左馬助に稽古をつけてもらえ」

祭壇の下に腰をおろした師範に見守られ、左馬助は三人のいまだ十八にも届いていない若者たちと稽古をした。

三人とも素質を見こまれてどこぞの家中から剣術修行に出てきているようだが、さすがに新蔵のあとでは隙だらけにしか見えない。

それでも左馬助はしっかりと竹刀を受けてやり、相手のいいところは躊躇なくほめあげた。適度にきつい打ちこみもして、稽古の厳しさは教えてやったのだが。

壁際に下がり、正座をして襟元をくつろげた。

「やはり左馬助は教え方が上手だな。さあ、井戸で汗を流してきなさい」

手拭いを一枚渡してくれた新蔵は、笑みを浮かべて奥に去っていった。

庭の隅にある井戸端で諸肌脱《もろはだぬ》ぎになり、冷たい水をひたした手拭いで体を拭いた。

さっぱりとした左馬助が着物を着直したとき、一人の長身の男が近づいてきた。

「相変わらず道場では敵なしだな」

今泉金吾《きんご》だった。

以前と変わらない、片頬が引きつったような笑いを浮かべている。左馬助以上の背丈で、六尺近くあるはずだ。

「どうもご無沙汰しています」

左馬助はていねいに頭を下げた。

会釈一つ返さず、今泉は冷ややかに見おろすようにした。

「しかし、きさまの剣は実戦では明らかに通用せんな。それは自分でもわかっているんだろうが。軽いんだな。師範がなにゆえあれほどきさまを買っているのか、俺にはさっぱりわからん」

確かに自分でも真剣でやり合ったらどうなるか、という気はしている。江戸に着く前に夜盗と戦ってはいるが、あんなのは実戦のうちに入らない。

それでも、むらむらと戦意が湧いてきた。

「久しぶりにお手合わせ願えますか。今泉さんと立ち合うのは、それがしが十七のとき以来になります」

はじめて立ち合ったのは左馬助が入門して間もないときで、そのときは足腰が立たなくなるほどやられたが、次の機会では互角の勝負を演じて、道場の誰をも驚かせた。

「いや、今日はやめておこう。きさまはもう汗を流したし、疲れてもいるだろう」

「別にかまいませんよ」

「実をいえばな、俺が疲れているんだ」

今泉はさっさと背を向けた。

拍子抜けする思いだったが、しかし、と左馬助は思い直した。今の退散の仕方はいかにも今泉らしくない。それに背を向ける直前、かすかな笑みを漏らしていた。あの笑いはなにを意味するのか。

釈然としない気持ちを抱きつつ、左馬助は新蔵に辞去の挨拶をしに奥へ向かった。

しばらく互いの近況を語り合った。

「失礼いたします」

襖の向こうから声がかかり、左馬助の胸はきゅんとした。まさか、まだこの家にいるとは思っていなかった。

しかし、考えてみれば、新蔵に跡継はいない。跡継を得るとするなら、一人娘に婿を取る以外ない。

奈緒《なお》が茶と茶請けの菓子を持って、座敷へ入ってきた。

手をつき、深く辞儀をする。

「鳴瀬さま、お久しゅうございます」

「こちらこそご無沙汰しておりました」

舌を嚙みそうになるのをこらえ、左馬助はふつうの声音をかろうじてだした。

奈緒が顔をあげた。四年間、想い続けてきた顔が目の前にあるのが信じられず、左馬助は少し呆然とした。

奈緒がなにかいい、左馬助ははっと我に返った。

「奈緒どの、なにかおっしゃいましたか」

「四年もたちましたのに、お変わりないな、と思いまして」

「それは奈緒どのも同じです」

相変わらず美しい。

大きくて真っ黒な目、濡《ぬ》れ羽《ば》色の豊かな髪をうしろでまとめたやや広い額、少し上を向いた高い鼻、形のいい桃色の唇。いずれもこの娘の利発さを覚えさせる。

ただ、少しやせたかもしれない。それが自分のせいのような気がして、湧きあがる感情を抑えるのに左馬助は苦労した。

不意に奈緒がまっすぐに見つめてきた。物怖《ものお》じしない力強い目だ。瞳が少し潤んでいるようにも見えるが、座敷に入る光の加減かもしれない。

左馬助は、奈緒の目をしっかりと受けとめた。

お互い目を離さなかった。

二人を交互に眺めて、新蔵がこほんと軽く咳払いをした。

左馬助はようやく目をそらした。

お互い惹かれ合っているのはわかっているが、今さらどうすることもできない。

自分は、すでに家中の娘を妻にすることが決まっているのだ。

十二

「ごめんください」

子供たちが帰っていってしばらくして、重兵衛は縁側のほうに訪う声をきいた。

子供の声で、誰か忘れ物でもしたのか、と縁側に出た。

庭に見覚えのない六、七歳の男の子が立ち、こちらをじっと見ている。胸のところに迷子札をぶら下げていた。

「あの、宗太夫さん」

か細い声できく。

「いや、いま出かけているんだが」

茂助のところに青物をもらいに行ったのだ。重兵衛は、自分が行きますといったが、いいやつを選ぶのが楽しみなんだ、と宗太夫は自ら足を運んでいった。

「じき戻ると思うが、なにか」

「あの、これを渡してくれるように頼まれたんだけど」

懐から文をだす。受け取った重兵衛が見ると、二郎兵衛からだった。

「石橋さんを知っているのか」

「あまりよくは……何度か見かけたことがあるくらい」

重兵衛は迷子札を見た。

木挽町四丁目元右衛門《もとえもん》店《だな》箕之吉《みのきち》、と記されている。二郎兵衛は二丁目だから近所だが、別に同じ町内全員が知り合いというわけではなかろう。

「わかった、これは宗太夫さんに渡しておく」

重兵衛は箕之吉をすまなそうに見た。

「小遣いをあげたいが、すまぬな、居候の身であげるものがない」

「いいよ。もうもらってるから」

ぴょこんと頭を下げて、箕之吉は枝折戸を出ていった。

入れちがうように、青物の籠を背負って宗太夫が戻ってきた。

よっこらしょ、と籠をおろした宗太夫に、重兵衛は文を渡した。

「二郎兵衛から……なんだろうな」

宗太夫は文に目を落とした。

「なんだ、この前のお返しをしたいから明日にでも来てくれ、だとさ。いい酒を用意してあるらしい」

「ちょうどいいではないですか。明日は休みですし」

「しかし、あいつが人さまに酒を供しようなど、珍しいことがあるものだな」

あくる五月九日の朝、宗太夫はまるで想い女のもとへでも通うようにいそいそと外出した。

久しぶりに一人になったのを重兵衛は感じた。日当たりのいい縁側に出て、『農隙余談』を読みはじめた。

しばらくすると、高くなった日の光がまぶしく感じられるようになり、文字を拾うのが難儀になった。

書を閉じ、空を見あげる。

雲一つなく、突き抜ける青が無限の広がりを見せている。ときおりすいと上空を横切る黒い点はつばめだ。

それにしてもあたたかい。目をつむったら、このまま眠ってしまいそうだ。

今ここにいて、つつがなく暮らせていることがとても不思議なことに思える。

もし宗太夫が助けてくれなかったら、とっくに野垂れ死んでいただろう。そう、自分の無実も晴らせないままに。

重兵衛ははっとした。濡衣を晴らそうという気持ちがいまだにあることに驚いている。

だが、そういう気持ちがあるのなら、はなから抵抗などすべきではなかったのではないか。

故郷のことが頭をめぐる。国を飛びだして以来、母や弟のことを考えなかった日は一日たりともない。

どんな扱いを受けているのだろうか。身を縮めるようにして暮らしているのは疑いえない。それでも元気にしていてくれたら。

興津家が取り潰しになったのはまずまちがいない。だが、二人に死が与えられたとは思えない。連座制が敷かれていたときならまぬがれないだろうが、廃されてすでにだいぶたっている。

二人のことを考えると飛んで帰りたくなるが、しかしここを離れようという気にはならない。

子供たちに囲まれて、穏やかに暮らす毎日。こんな日常があることを、重兵衛ははじめて知った。主家を飛びだしたからこそ、知ることができた自由な空気だ。

あるじ持ちの身だったとき、こんなに深く大気を吸いこんだことが、こんなに空が青いことに気づいたことがあっただろうか。

そしてもちろん、なんといっても宗太夫の存在だ。どうしてかわからないが、宗太夫は自分のことをたなごころで遊ばせるようにわかってくれている。一緒にいるととても心が落ち着くのだ。こんな感じは、父にだって覚えたことはない。

深く世話になっているとはいえ、まだ知り合って間もない人にここまで感じるというのはどういうことだろう。

それを知りたくて、この家を離れられないのだ。

重兵衛は目を閉じた。思いがまた家人のことに戻る。

それにしても、なにゆえこんなことになったのか。

斉藤源右衛門の、百両が屋敷から見つかったとの言葉。押収した千両のうちの百両とのことだったが、あれは本当なのか。

確かに、長患いしていた父の薬代がかさみ、その上に微禄だったので金は喉《のど》から手が出るほどにほしかった。

だが、どんなにほしくとも、押収した金に手をつけることなどあり得ない。

となると、誰かが濡衣を着せようとしたとしか思えない。

斉藤たちに取り囲まれる直前、俺はなにをしようとしていたか。

思い起こすまでもない。罪を得た国家老、国家老の屋敷に出入りしていた商家、富くじを主催した商家、この三者の関係を調べていた。

特に力を入れていたのは、富くじ興行を行うことで大きな利益を得た商家だ。となると、あの商家の差し金か。急所をえぐられかねないのを危惧し、斉藤たちに重兵衛の息の根をとめるよう依頼したのか。

「あのう」

女の声がし、重兵衛は顔をあげた。

「あっ……ああ、いらっしゃい」

立ちあがろうとして、膝の上の書がばさりと音を立てて落ちた。重兵衛はなにげない顔で拾いあげた。

枝折戸の先から声をかけてきたのは、この前、土に頭をめりこませていた娘だった。

「あの、大丈夫ですか」

枝折戸に近づいて娘がいった。

「なにがかな」

「いえ、ずいぶん怖い顔をされてましたから」

重兵衛は笑顔をつくった。

「ちょっと考えごとをしていた」

つられたように笑った娘は頭を下げた。

「この前はどうもありがとうございました」

「礼ならそのときにきいたよ」

重兵衛は笑いかけた。

「もう土手の下には落ちてないかな」

「ええ、すごく気を配って道を歩くようにしていますから」

娘は大まじめに答えた。

「今日は」

「これをお返しに」

娘は大事そうに手にしている風呂敷を広げ、なかからきっちりと折りたたまれた手拭いを取りだした。

「ああ、わざわざありがとう」

重兵衛は生垣に歩み寄り、受け取った。そのとき指が触れ、重兵衛はどきっとするものを覚えた。

娘は頰を真っ赤に染め、一歩下がった。重兵衛をまぶしそうに見ている。

左馬助は自室で寝転び、天井をなんとはなしに眺めている。

もし四年前……。

母が倒れるようなことがなかったら、あるいは運命はちがったものになっていたかもしれない。

もちろん、それで母をうらむ気持ちなどさらさらないが。

不意に倒れた母は、病床で、左馬助に一目会いたいとうなされるようにいったのだ。男ばかり三人兄弟の末っ子の左馬助は、母にとって最もかわいいせがれだった。

左馬助は、出府していた主君の許しをもらって修行を切りあげ、急ぎ三河刈屋に帰った。もっとも、帰郷は一時のことで、母の病気が治ったら江戸へとんぼ返りする心づもりでいた。

しかし母の病気は予想以上に重く、寝たきりは一年以上に及んだ。

左馬助は、父や長兄たちと献身的に母の看病をした。次兄は他家に婿に入っており、母のためにそうそう家へ戻ることはできなかった。

結局、左馬助が刈屋に帰って一年一ヶ月をすぎたところで、母は亡くなった。

だが、母を失った悲しみにひたっている暇はなかった。

母が亡くなる一ヶ月前、父が供の清造《せいぞう》とともに失踪《しっそう》してしまったのだ。

父の身になにかあったのはまちがいなく、左馬助たちは必死に捜しまわったが、ついに二人の行方はわからなかった。

郡奉行の役人だった父の跡は、今、五つ上の長兄が継いでいる。すでに嫁も取り、去年跡継が生まれたばかりだ。

懐から根付を取りだした左馬助は、じっと目を落とした。

左馬助が父に対してすまないと思うのは、自らをささげるように母の世話をしていた父がいなくなってしまったのは、看病に疲れたからでは、と考えたことが一度だけあったからだ。

十三

夕刻には戻るといっていたが、宗太夫はその夜、帰ってこなかった。

きっと酔いつぶれているのだろう、と重兵衛はさして気にしなかった。明朝、子供たちが来る前には戻ってくるにちがいない。

日が西の空に落ちきってしまう前に井戸端で体をぬぐった。

外の道を顔見知りになった村人たちが声をかけて通ってゆく。重兵衛は一人一人にていねいに応じた。

夕餉を終え、早々に夜具にもぐりこんだ。すぐに眠りに落ちるのがもったいなく思えたのは、あの娘の面影が目の前にくっきりとあるからだ。

おそのさんか、と重兵衛は闇へ息を吹きかけるようにしてつぶやいた。

「なんともおもしろい娘だな」

夜具のなかで首をひねる。

「しかしどこの娘さんなんだろう……」

間抜けなことにきき忘れた。白金村の住人であることはまちがいないだろうが。

そんなことを考えているうちに、重兵衛は眠りに引きこまれていった。


「宗太夫さん、宗太夫さん」

深夜、大きな叫び声とともにどんどんと激しく雨戸が叩かれた。

ぐっすりと深い眠りのなかにいた重兵衛だったが、あの声は、と思い当たってすばやく起きあがり、雨戸をひらいた。

案の定、鍛治屋の長太郎が立っていた。満月へとふくらみつつある月の光が斜めに射しこみ、血相を変えた顔を照らしている。

「ああ、重兵衛さん」

「お知香さんですか」

「ええ、急に産気づいたんです。それでおせいさんを呼びに行ってもらいたくて」

「お安いご用です」

重兵衛は沓脱ぎの草履をもどかしげに履き、枝折戸を飛びだしかけて、振り返った。

「おせいさんの家はどこです」

場所を告げると、長太郎はお知香のもとへ一目散に戻っていった。

重兵衛も長太郎に負けないくらいはやく走り、五町ほど東にあるおせいの家にたどりついた。

おせいの家は、鷺森神明宮《さぎもりしんめいぐう》と呼ばれる神社の、道をはさんだ向かいにあった。

数軒の家が密集しており、どの家かわからなかったが、小さな門に、子安、と記された看板が掲げられているのを見つけた。生垣を飛び越えるや重兵衛は雨戸を叩いた。

さすがに慣れた様子のおせいは、さっさと身支度をすませた。重兵衛はおぶさるようにいい、身をかがめた。

やがて背中にかかった重みをがっちりと受けとめるや猪突《ちょとつ》の勢いで走りだし、悲鳴を無視してあっという間におせいを長太郎の家に運びこんだ。

「お知香さんは大丈夫ですか」

重兵衛は長太郎にきいた。

「ひどく苦しがってる」

長太郎が自分が痛みを感じているような顔でいう。

「そんなに案ずることはないよ」

おせいは落ち着き払っている。

「お湯は沸かしてあるかい」

「はい、鍋に入れてお知香のところへ」

「そう、冷静だね、長太郎さん」

「いえ、お知香にいわれたんですよ……」

おせいはお知香のもとへ行った。そのうしろを男二人がついてゆく。

「はい、男どもはここまで」

くるりと振り返ったおせいが宣言した。襖がぴしゃりと閉められる。

隣の座敷で重兵衛は長太郎と向き合って腰をおろした。

「重兵衛さん、すまなかった。お礼の言葉もない」

「いや、当然のことをしたまでです」

長太郎は、重兵衛を気づかう目をした。なにをいいたいのか理解した重兵衛は先んじた。

「いや、長太郎さん、一緒にいますよ。明日のことを気にしている場合ではない。赤子の元気な声をきくまで帰れないし、帰ったところで眠れやしない」

「そうか、ありがとう。重兵衛さんにいてもらえるなら心強い」

長太郎は頭を深く下げた。

「ところで師匠は。いないみたいだけど」

重兵衛はわけを話した。

「ふーん、友垣のところに。飲みすぎてなきゃいいけどね」

「長太郎さんは、師匠のことをよく知っているのですか」

「どうかな。師匠が越してきてからは親しくさせてもらってるけど」

「師匠が上方の生まれらしいことは」

「ああ、何度かそんな言葉をつかっているのをきいたことはあるな」

「上方のどこかは」

「そこまでは知らないなあ。大家の田左衛門さんなら知っているだろうけど。……重兵衛さんはどこの人なの」

どう答えようか重兵衛が迷ったとき、隣から、ほらもうひとがんばりだよ、というおせいの大きな声がし、二人はあわてて耳を澄ませた。

一瞬、なにもきこえなくなったが、その静寂を破って、激しい泣き声が襖を突き破るように響いてきた。

さっと襖があいた。おせいが裸の赤子を抱えている。

「ほら、生まれたよ」

「どっちですか」

「なにもついてないほうだよ。とにかく元気のいい子だね。こんな泣き声、私《あたし》ゃ、久しぶりだよ」

「おせいさん、ありがとうございました」

礼をいって長太郎はお知香ににじり寄った。

「大丈夫か」

「もちろんよ」

汗を一杯にかいているがにこにこ笑っているお知香の顔を見て、重兵衛も安心した。

「女の子だそうだ。知ってるか」

「誰が産んだと思ってるの」

重兵衛は、幸せを嚙み締めている夫婦をそこに残し、外に出た。

足早に家に戻る。

宗太夫は帰っていなかった。

左馬助は夜具に横たわっている。

何刻だろうか。夜具に身を預けてから、もう二刻以上はたったのではないか。

どうにも寝つけない。奈緒のことが頭を占めている。

いつから奈緒は、自分のなかでこれだけ大きな存在になったのか。

考えるまでもない。はじめて会ったときからだ。

あのとき奈緒はまだ十五だった。

しかし、もう十分すぎるほど美しかった。刈屋にも美しい娘はいたが、奈緒ほど一つ一つの表情や仕草が生き生きとしている娘に出会ったことはなかった。

一目で左馬助は惚《ほ》れた。

はじめて奈緒の手に触れたときのあたたかみは今も忘れていない。

あれは五年前、道場の花見が新蔵の懇意にしている麻布一本松町《いっぽんまつちょう》の長全寺《ちょうぜんじ》の境内で行われたときだ。

その年の花見は新蔵と師範代の田村織之介が所用で抜けており、そのことで門人たちの酒はずいぶんと進んだ。

ほとんど酒の飲めない左馬助は茶ばかりがぶ飲みしていたのだが、そのうち、泥酔した門人同士が喧嘩をはじめた。

歳が近く剣の力量も拮抗《きっこう》している二人で、日頃から互いを意識していたのだが、一人が快勝した立ち合いのことを持ちだしたのが、取っ組み合いの原因となった。

みんなは引き離そうとしたが、二人はなかなか下がらず、逆に怪我人が二人出た。

情けないことに、そのうちの一人が左馬助だった。とめに入ったまではよかったものの、頬を殴られ、腹に蹴りを入れられたのだ。

自分でも気づかないうちに気絶していた左馬助は、なんともいえないいい匂いに包まれていることにやがて気づいた。

うっすらと目をひらくと眼前に奈緒がいて、心配そうに顔をのぞきこんでいた。

一瞬、膝枕かと思ったが、左馬助はござの上に寝かされていた。あわてて上体を起こそうとして、とめられた。そのとき、やわらかくあたたかかな手に触れたのだ。

「大丈夫ですか」

奈緒のやさしい声が届き、冷たい手拭いが頬に当てられた。

「あ、はい、なんともありません」

上ずった声で答えると、奈緒はにっこりと笑ってくれた。

それにしても、といま振り返って考えると、あのとき殴ってきたのは今泉のような気がしないでもない。

何人かで揉《も》み合《あ》った瞬間、思いがけない方向から拳が飛んできたのだ。実戦に弱い、という言葉は、このあたりを指しているのかもしれない。

だが、もしあれが本当に今泉だったのなら、逆に感謝しなければいけない。

あれを境に、奈緒と親しくなれたのだから。

十四

あくる十日の朝になっても宗太夫は帰らず、重兵衛が代わって子供たちに教えた。

重兵衛自身、ここしばらく学び続けてきた農事関係のことをみんなに教える格好の機会ととらえていた。

手習は思った以上にうまくゆき、重兵衛自身、大満足というほどではなかったが、まず及第点を与えてもいいのでは、と思えた。

午後になって子供たちが帰っていったあと、重兵衛は戸締りをして、木挽町へ向かった。

刻限は八つ半前。わずかに傾いた太陽は薄い千切れ雲の陰に入りこみ、目を細めずともその姿を見ることができる。白っぽくかすんだような淡い光は江戸の町をわびしく照らしだしていた。

ただ、ずいぶんと風が強く、行きかう人たちは砂埃に難儀していた。

むろん、重兵衛も例外ではなく、風が吹くたび巻きあがる土に目が痛くなり、少し涙が出てきた。

そういえば、最近、雨がない。梅雨間近のはずなのに、天が雨の降らせ方を忘れてしまったかのように晴れが続いている。

やがて道は木挽町に入り、重兵衛は知った顔に会いはしないか、どきどきしてきた。

別にそういうことはなく、町は二丁目へと変わり、二郎兵衛の家が見えてきた。

重兵衛は、枝折戸のほうにまわって庭へ入った。

沓脱ぎに、宗太夫の草履が置かれている。

やはり酔いつぶれているのだ、と思い、重兵衛は閉じられている腰高障子に、ごめんください、と声をかけた。

応答はない。重兵衛は、石橋さん、師匠、と呼びかけた。

やはり返事はなく重兵衛は、失礼します、と近所にもきこえる大声をだして、腰高障子をあけた。

なかは暗い。雨戸こそ閉まっていないが、どんよりと湿ったような雰囲気が重く居座っている。

もう一度、失礼します、といって重兵衛は草履を脱ぎ、座敷へあがった。胸騒ぎとでもいうべきいやな予感が身を包みはじめている。

座敷を突っきり、次の間につながる襖をひらいた。この部屋は、この前二郎兵衛と話をした六畳間だ。

むっ。重兵衛は顔をしかめた。

部屋に二人は確かにいた。だが、もう息をしていない。

二郎兵衛は、右手の壁に背中を預けるようにして座っている。宗太夫は二郎兵衛のすぐ前でうつぶせていた。背中に刺し傷。

重兵衛は足を進め、宗太夫にそっと触れた。

冷たく、かたくなっていた。昨日、殺されたのはまずまちがいない。

師匠は、と重兵衛は死骸《しがい》を見つめて考えた。声をかけても返事をしない友の前に来て、うしろから刺されたのではないか。

ということは、おびき寄せられたのだ。はなから下手人は宗太夫を殺すつもりでいたのだ。

物取りの仕業などでは断じてない。家のなかは荒らされていないのだから。

わしになにかあったら、との言葉が思いだされた。師匠はもしやこれを予期していたのだろうか。

重兵衛は思いついて、宗太夫の懐を探った。手にしたのは一枚の文。それを懐にしまい入れて二郎兵衛の死骸に歩み寄った。

二郎兵衛の肩に軽く触れ、その体を傾けるようにして、どうやって殺されたのかを見た。

宗太夫と同じく、背中を一突きにされている。

背筋を戦慄《せんりつ》が走った。どうすれば、これだけの遣い手の背中を取れるのか。気づかれることなく二郎兵衛を一突きにできる距離に近づくなど、並みの者にやれることではない。

しかも躊躇なく、冷徹に殺しをしてのけている。まるで練達の職人が仕事をこなしたような凄みがある。

殺し屋だ……それも、こんな形での殺しをもっぱらにしているらしい。

「闇討ち職人とでも呼ぶべき者だな」

家を出て、自身番へ向かう。

声をかけると、なかにいた五十すぎの家主と三十代の書役がこちらを向いた。

名乗った重兵衛がことの次第を告げると、二人は腰を抜かさんばかりに仰天した。

町役人である家主はすぐさま小者らしい若者を呼び、奉行所に使いをだした。

「勇太郎さん、お役人が見えたら、案内をお願いします」

書役にいい置いてから、家主は重兵衛と一緒に二郎兵衛の家へ向かった。

「しかし本当ですか」

早足で歩きながら、仁左衛門《にざえもん》と名乗った家主はまだ信じられない顔をしている。

家に着いた。二つの死骸を見て、さすがに仁左衛門は立ちすくんだ。

「ここではなんですから」

重兵衛はいい、隣の間に移動した。

「事情を説明してもらえますか」

青ざめた顔を重兵衛に向けて、家主がいう。

いずれ来る同心に話すことになるのだろうが、それまでなにもいわずにおくことはさすがにできない。それに、家主は探るように重兵衛を見ている。この男が下手人では、という疑いがほんのわずかだがあるようだ。

やがて話をきき終えた仁左衛門は、重いため息を一つ漏らした。

「こちらは手習所のお師匠さんですか……それにしても、なんでこんなことに」

四半刻後、書役に先導される形で町方同心がやってきた。中間《ちゅうげん》をしたがえ、検死役らしい医師を一人連れている。

「これは、河上《かわかみ》さま、ご苦労さまです」

仁左衛門が同心に向けて深々と腰を折る。

「うむ」

同心はえらの張った頬と角ばった顎を傲然《ごうぜん》と動かし、なかにずいとあがりこんだ。敷居際に進んだ医師は、そこから二つの死骸を観察するようにじっと見ている。

同心も遺骸に寄らず、重兵衛を無遠慮に見据えた。

その横柄な態度とは裏腹に、小心さと小ずるさが瞳の奥に垣間《かいま》見えている気がする。

「あんたが見つけたそうだな。名は。いや、俺のほうから名乗っておこう。初対面の人と話をするときはそれが礼……」

言葉を切り、重兵衛を見つめる。

「おい、初対面だよな」

「もちろんです」

「だよな。俺は河上惣三郎《そうざぶろう》という。河上の河は大河の河だ。まちがわんようにな。あんた、どうしてここに」

重兵衛は名乗り、この家に来たいきさつを述べた。

「ふーん、昨日帰るっていっていたのに帰ってこなかった。だから心配でやってきた、か。ふーん、手習師匠か。だったら、客先で死んでよかったのかもしれんな。子供にゃ、こんな死にざま見せられんものな」

そういって重兵衛をまじまじと見た。

「居候といったな。師匠の弟子といったところか」

河上という同心は目を家主に向けた。

「おい、仁左衛門、もう一人はここの住人でまちがいないのか」

重兵衛の陰に隠れるようにしていた仁左衛門はほんの少し前に出た。

「はい、石橋二郎兵衛さんです」

「きこえんぞ。もっと前に出て、いえ」

仁左衛門は同じ言葉を繰り返した。

「石橋は浪人のようだな。生業は」

「ご浪人はご浪人ですが、生業というものは特に」

「なら、なんで飯を食っていた。まさか、仙人みたいにかすみを食らっていたわけではなかろう」

「はあ、何度かきいてみたことはあるのですが、いつも言葉を濁されまして」

「この家はおぬしが差配しているんだよな。石橋はいつ越してきた」

「三年前です」

「家賃の払いはどうだった」

「毎月晦日《みそか》には必ず。滞ったことは一度もございません」

「金まわりはよかったのか。出身は」

「近江とのことでしたが」

なるほど二人は近江の出だったのか、と重兵衛は納得した。

「なんだ、なにか思いだしたことでもあるのか」

同心が目ざとくきく。

重兵衛は理由を語った。

「ふーん、そういうことか。でも、あんた、師匠の出身も知らんとはおかしな話だな。本当は弟子なんかじゃないんじゃないのか」

「実は」

重兵衛は、宗太夫の家に居ついた経緯を話した。

「行き倒れたところを助けられた、か。どうしてそんなふうになった。国はどこだ」

重兵衛は答えられなかった。

「なんだ、まさか国許で罪を犯して江戸へ、っていうんじゃないだろうな」

河上は重兵衛をじろりとにらみ据え、上から下までなめるように見た。

「身分は。まさか侍か。脇差しか帯びておらんが」

「河上さん、もうはじめてもよろしいかな」

待ちくたびれた風の医師が声をかける。

「ああ、紹徳《しょうとく》先生、失礼しました。どうか、お願いいたします」

仁左衛門や重兵衛に対するものとは一転、いかにもへりくだった態度で同心はいった。

咳払いを一つして、医師は座敷に入った。

医師は、宗太夫からあらためはじめた。死骸をひっくり返したりしてあらゆる方向から見る。宗太夫を終えると、すぐに二郎兵衛にかかった。無駄の一切ない動きで検死を終え、すっくと立ちあがった。

「紛れもなく殺しですな。二人とも、傷は背中の一つのみ。鋭利な刃物によるもので、心の臓を一突きです。おそらく痛みを感ずる暇もなかったでしょうな。殺されたのは、昨日の昼から夜にかけて、と思われます」

「そうですか。ありがとうございました」

河上が馬鹿ていねいに頭を下げる。

「これで帰るがよろしいかな。むろん、留書はしたためて、すぐに届けさせる」

「けっこうです。ご苦労さまでした」

紹徳という医師が外に出てゆくまでずっと頭を下げていた同心は、くるりと重兵衛に向き直った。

「もう一度きくぞ。どうして江戸に出てきた。国は」

重兵衛は下を向き、黙りこくった。

「貝にでもなったつもりか。いわなきゃ大番屋に連れてくぞ」

「無駄なことです」

「なんでだ」

「手前は殺してなどいないからです」

「どうかな。住みかは白金村といったな。ちょっと連れてってもらおうか。昨日のおまえさんの動きを確かめさせてもらう」

「かまいませんが、それも無駄足ですよ。手前は、昨日はずっと家にいて、書を読んでおりましたから」

「それを明らかにしてくれる者は」

「昨日は手習所は休みでしたから、子供たちも来ませんでしたし、昼間はありませんでした。夕方は水浴びをしているとき、近所のお百姓何名かと挨拶をかわしました。夜は」

重兵衛は、昨夜起きたことについて語った。

「ふーん、お産の手伝いをしたのか。だが因果な仕事でな、そういう者たちにじかに話をきかなきゃいかんのだ。それをおろそかにすると、雷が落ちる」

同心はおもしろくなさそうな顔をちらりとし、口のなかでぶつぶつつぶやいた。

「竹内《たけうち》の野郎、いつもいつも先輩風吹かせやがって」

そのとき、別の同心が家のなかに入ってきた。四十をいくつかすぎた経験深そうな男で、いかにも仕事ができそうな精悍《せいかん》な面構《つらがま》えをしている。

「お、これは竹内さん」

河上は狼狽《ろうばい》気味にいった。

「惣三郎、いま俺を呼んだな」

竹内にきかれ、いえ呼んでなどおりませんが、と河上は首を振った。

「じゃあ空耳かな」

「空耳だなんて、竹内さんはそんなお歳ではありませんよ」

「なら、おまえの陰口だろう」

「えっ、そんな、滅相もない」

あわてていって河上は竹内という同心に歩み寄った。

「これからこの男を連れて、白金村まで行ってまいります」

「誰だ」

竹内は光を帯びた鋭い目で重兵衛を見た。

河上が答える。

「そうか、おぬしが見つけたのか。惣三郎、検死は終わったのか」

河上は、紹徳の言葉を伝えた。

「……殺されたのは昨日か。わかった。惣三郎、気をつけて行ってこい」

一礼した河上は重兵衛を押しだすように家を出ようとした。

「おい、惣三郎」

竹内が背中に声をかけてきた。

「ちゃんと仕事をしろよ。なまけるんじゃないぞ」

もちろんです、といって河上は道を歩きはじめた。中間《ちゅうげん》がうしろをついてくる。

「やれやれだな。ちょっと先に生まれたからって、いつもいつも命令しやがるんだもんな。まったく、おもしろくねえぜ」

河上が重兵衛を見た。

「これでも見習時代から数えて、かれこれ二十年も同心をやってるんだぞ。ちっとは尊重しやがれ、と俺はいいたい」

「河上さんはおいくつです」

「三十四だ。女なら厄年かな。いや、ちがうか。よくわからんな。どうでもいいや、そんなこと。なんてったって俺はいつも厄年だからな。あんたはいくつだ」

重兵衛は答えた。

「二十三か。若いな。その頃は、俺も前途は洋々と思っていたが、考えてみれば、同心には出世の見こみはないものなあ。どんなに大きな手柄をあげても、家禄が増えるなんてことは一切ないんだから。これで仕事をなまけるなというのが無理だろうぜ。なあ、そうは思わんか」

河上は三原橋を渡らず、道をまっすぐ三十間堀に沿って歩き続けている。町は木挽町四丁目になった。

右手に木挽橋が見える。あの橋を渡らず、道を左に入ると、と思ったら、頬がこわばってきた。

「なんだ、顔がかたいな。どうした」

河上がのぞきこむようにしている。

「いえ、なんでもありません」

いいながら、あっ、と重兵衛は声をあげた。

「なんだ、どうした」

いおうか迷った。しかし、いわずにすませられるものではない。

重兵衛は、宗太夫の家に使いに来た男の子のことを話し、懐から文を取りだした。

「なんだ、これは」

文を手にした河上がきく。重兵衛は説明した。

「亡骸《なきがら》の懐から抜き取っただあ」

河上はぎろりとにらみつけてきたが、その話はあとだというように文に目を落とした。

「つまり、この文でお師匠さんはおびき寄せられたということか」

顔をあげて、いった。

「迷子札には、元右衛門店箕之吉、と書いてあったんだな。まちがいないな」

念を押した河上は進路を転じた。


「ここか」

裏店の最も奥の店の前に河上は立った。重兵衛と中間はうしろに控えた。

「おい、いるか。御用だ」

どんどんと障子戸を乱暴に叩く。

人影が立ち、障子がひらかれた。ずいぶんと肥えた女房で、丸い頬のなかに細い二つの目が埋めこまれたような顔をしている。

河上は、せがれに会いたい旨を告げた。

「箕之吉はいま出てますけど」

「どこにいる」

「そこいらでみんなと遊んでるんじゃないかと思いますけど。箕之吉がなにか」

「なに、ききたいことがあるだけだ。悪さをしたというわけじゃない」

「そうですか」

女房は丸い頬に安堵の色を浮かべた。

「ふむ、戻ってくるのを待つのも芸がないな。呼んできてくれ」

河上は横柄な口調で女房にいった。

「わかりました」

女房は素直に路地を走り去った。

「扇をつくっているのか」

河上がつぶやく。

長屋は間口二間《にけん》、奥行きは二間半の、四畳半が一間《ひとま》きりのどこにでもあるつくりだ。部屋のまんなかに天神机が置かれ、その上につくりかけの扇が並べられている。奥に箪笥《たんす》が一棹《ひとさお》、あとは行灯と枕屏風《まくらびょうぶ》が目立つ家財だ。

待つほどもなく女房はせがれを連れて戻ってきた。

「お待たせいたしました」

「いや」

河上は重兵衛を見た。重兵衛は、まちがいありません、と首をうなずかせた。

「よし、箕之吉。昨日、このおじさんのところにこれを持って使いに行ったな」

河上は文をひらひらさせた。

「誰に頼まれた」

いきなり町方同心に問われて、びっくりしたようだが、箕之吉ははっきりとした口調で答えた。

「二丁目に住んでるご浪人」

「あの浪人を知ってるのか」

「この先の酒屋で何度か見かけたことがあるから。父ちゃんに頼まれて、おいらもよく行くんだ」

「そうか。あの浪人には、どういうふうに使いを頼まれた」

「歩いてたら、縁側から呼びとめられて」

「そのとき、その浪人におかしな様子はなかったか。誰かが一緒にいたとか」

「誰もいなかったと思うけど……でも、なんとなく顔が引きつっていたような感じはしたよ。あれはそう、どこかおびえてるみたいだった」

箕之吉は恐れる様子もなく同心を見返した。

「あのご浪人がどうかしたの」

河上はいうべきか考えたようだ。

「ここで伏せたところでどうせ耳に入るな」

独り言のようにいってから、告げた。

さすがに箕之吉は驚いた。横で女房も目をみはっている。

「すまなかったな。これで終わりだ」

さすがに調べは堂に入ったもので、重兵衛はこの同心を見直す思いだった。

道を戻り、三十間堀沿いに出た。

「河上さんは、石橋さんが脅されて文を箕之吉に頼んだと考えているのですね」

「そういうことだな。飲みに来るよう文には書いてあるが、酒の支度などされてなかったし」

　河上は重兵衛をじろりと見た。

「なぜ文を抜き取った」

「文は石橋さんではなく下手人が書いた、と考えたのです。その筆跡を持つ者を追えば、下手人は知れると考えて……」

「自ら下手人捜しをしようと思ったのか」

「そういうことです。しかし考えてみれば、石橋さんの字でない文で、師匠がおびきださ
れるはずもなかったですね」

「ふむ、そういうことだな」

　それにしても、と重兵衛は思った。

　二郎兵衛は脅されて文を書き、子供に託したのか。

　どんな心持ちだっただろうか。気づかぬうちに背中を取られ、もはやどうすることもできないことをさとったときは。

　それでも、少しでも命を長らえるために、相手の指示にしたがったのだろう。そして箕之吉に文を渡した直後、殺し屋はこれで用ずみとばかりに凶器をつかったのだ。

「どうかしたか」

「いえ。ところで、河上さんは大きな手柄をあげたことが」

重兵衛がいうと、河上は、よくぞ触れてくれたとばかりに大きくうなずいた。

「あるぞ。いちばん大きいのは四年前、三軒に押し入り五人を殺した押しこみの一団をふんじばるきっかけになった証拠をつかんだことだな」

重兵衛は中間を振り返った。

「それは本当です」

重兵衛と同じような歳と思える中間はまじめな表情で答えた。

「おい、善吉《ぜんきち》、ほかはみんな嘘みたいないい方をするんじゃない」

河上は重兵衛にいかつい顔を向けてきた。

「いいか、仕事がそれなりにできなきゃ、花形といわれる定町廻り《じょうまちまわ》りを長いことつとめていられるはずないんだからな」

「それはよくわかります」

なんとなく重兵衛はこの同心に好意を持ちはじめている。

「しかし、河上さんは同心のなかでも異色なんじゃないですか」

「なんだ、ほめてるのか、けなしてるのか」

「手前としてはほめています」

「確かに、俺みたいなのはほかにはおらんな。みんな、まじめ腐って仕事をしてる。でも、おまえさん、さっきから手前、手前っていってるが、本当は侍なんだろう。白状しちまえよ。それもかなりの腕前だな。こう見えて俺もけっこう遣うんだぜ」

河上は長脇差の柄をぱしんと叩いた。

重兵衛はまた中間を見た。善吉は顔の前で手を振った。

「駄目です。まるっきり遣えません」

「善吉、そういうときは嘘でも、すばらしい遣い手です、といっておくもんだ」

話し続けているうちに、道は木挽町七丁目に入り、すぐ先に汐留橋《しおどめばし》が見えてきた。

おっ。河上が声をあげた。

「伊助《いすけ》じゃないか。元気か」

三十間堀の河岸に向けて手をあげ、そちらへずんずんと歩いてゆく。

伊助と呼ばれた三十前と思える男は明らかに迷惑そうな顔をした。

「いいところにいるなあ。ちょっと頼みがあるんだ。俺たち、これから白金村に行くんだが、乗せてもらえんか。刻限も七つ半をすぎて暗くなってきつつあるし、これから歩くのは骨だ」

杭につながれている猪牙舟《ちょきぶね》を指さす。

「でも河上の旦那、俺、これから仕事なんですよ。白金村に行ってる暇なんてとても」

「なんだ、断るのか。そうか、仕方ないな。じゃあ、あの水茶屋の娘のことを女房に教えるか」

「えっ、なんでそれを」

「おまえな、定町廻りをなめちゃあいけねえよ。あの娘で足りなきゃ、こっちのほうも教えてやろうか」

賽《さい》を転がす仕草をする。

「おまえの出入りしてる賭場がどこかも知ってるぜ。あそこは寺だから俺たちじゃあ手ぇだしようがないんだが。おえんは、大事な大事な恋女房だよな。確か、今度博打《ばくち》に手ぇだしたら、離縁とかいう話だったよな。あれ、待てよ。離縁は浮気のほうだったかな」

十五

舟は南西方向に延びる御堀をまずくだり、汐留川に入って仙台伊達《せんだいだて》家の広大な上屋敷と浜御殿のあいだを抜けてゆく。

穏やかな海上を七町ほど行き、陸奥二本松丹羽家十万石の蔵屋敷と会津松平家の下屋敷にはさまれた水路へ吸いこまれるように入った。


「おい、あんた、知ってるか」

河上が声をかけてきた。

「このあたりは鰈《かれい》、黒鯛《くろだい》がよくとれるんだぞ。刺身で一杯、なんて最高だよな」

舟は金杉橋をくぐった。

川はこのあたりでは金杉川と呼ばれているが、すでに新堀川だ。

赤羽橋《あかばねばし》、中之橋《なかのはし》、一之橋《いちのはし》、二之橋《にのはし》、三之橋《さんのはし》、四之橋《しのはし》と次々に抜けて、舟は白金村に着いた。

「お待ちどおさま」

舟を手近の土手につけて、おもしろくなさそうに伊助がいう。

「さすがにはやいな」

舟縁《ふなべり》を蹴って、河上は緑一色の土手にさっさとあがった。重兵衛と善吉も続く。

河上がくるりと振り向く。

「もう帰っていいぞ、伊助。ちゃんと仕事に励めよ。あの水茶屋の娘とはほどほどにしとけ。それから、博打からは手を引け。これは町方同心としての忠告だ。いつ寺社方が踏みこむか、知れたもんじゃないぞ。今度の奉行は仕事熱心だ」

「よくわかりました」

げんなりした顔の伊助は棹《さお》をつかって舟をまわし、新堀川をくだっていった。

三人は土手道を歩きだした。

「しかし、河上さんは手前を本当に下手人だと思っているのですか」

肩を並べて重兵衛は問うた。

「実をいえば思っておらん」

にやりと笑う。

「白金村ときいて、行きたくなってしまったんだ。景色はこうして最高だし、なんといってもうまい蕎麦屋があるし。知ってるか」

「たぬき蕎麦ですか」

詳しくは知らないが、昔、店主が狸《たぬき》に化かされたことからこの名がついたと宗太夫からきかされた。店は、この土手道をこのまま四町ばかり行ったところにある。

「ちがう。雷《いかずち》神社を知ってるか」

重兵衛は首をひねった。

「なんだ、知らんのか。とにかくその神社のそばにあるのよ。浅草寺《せんそうじ》近くに店を構えていた知る人ぞ知る名人が、浅草の店はせがれにまかせてこっちに移ってきたんだ。とにかく盛りは絶品だぜ。さすがに今日は食ってる暇はなさそうだが」

河上は空を見あげた。

もう六つに近く、夕暮れの空は西のほうから薄い紫におおわれつつある。風はなく、ようやく雨を期待できそうな厚い雲が南から張りだしてきていた。

思った以上に精力的に河上は近隣の家をきいてまわった。重兵衛のことだけでなく、宗太夫にうらみを持っていそうな人物がいなかったか、抜かりなくただしていた。

重兵衛に案内させて白金堂にも入り、宗太夫が所持していた物を調べた。衣類と書籍が主で、下手人につながりそうなものは見つからなかった。

白金堂を出たときには、夜の帳《とばり》がすっかりおりてきていた。

南にいた厚い雲はいつの間にかどこかに去り、空には提灯がいらないほど明るい月がある。ただし、地上に降るやわらかな光は林や丘、田畑に吸いこまれ、わずかな陰影を除いて村はほぼ黒一色に包みこまれている。

「なるほどな」

そんな村を見渡して、河上はいった。

「おまえさん、村人に信用されてるんだな。やってきて日が浅いのに、なかなかたいしたもんだ。あの、子が生まれたばかりの鍛冶屋の信頼ぶりなんか、まるで十年来のつき合いじゃないか」

「疑いは晴れたということですか」

「疑ってなどおらんといっただろうが。俺は定町廻りとしての役目を果たしただけだ」

河上はもう一度付近を見まわした。顔をしかめ、うなるように息を吐きだした。

「しかし、これから夜道を奉行所まで帰るというのもぞっとせんな。やっぱり伊助を帰らせるんじゃなかったな」

「河上さんはどちらなんです。北町ですか」

「そうだ。そんなこともわからんとは、やはりよそ者だな。当月の月番など、江戸の者なら赤子まで知ってるというのに」

北町奉行所は呉服橋《ごふくばし》門内にある。確かにこれから戻るというのは楽ではない。

「戻ったら戻ったで、またいやみをきかされるんだよな。まったくたまらんぜ」

「でも、旦那」

うしろから善吉が声をかけてきた。

「こんなに仕事をしたのはほとんど半月ぶりくらいじゃないですか」

「おまえな、そういうことをいうんじゃない。重兵衛が本気にしたらどうすんだ」

いつの間にか呼び捨てにされている。

「だって本当のことじゃないですか」

「おまえな、そんなこといってると二度と小遣いやらんぞ」

「それはご勘弁を。重兵衛さん、旦那はほかにほめるところは一つもないお人ですが、金離れだけはけっこういいんですよ」

「ずいぶんないい草だが、宵越《よいご》しの銭は持たねえってのは江戸者の心得だからな」

「河上さん、ご内儀は」

「なんだ急に。どうせいないんだろうっていいたげな顔つきだな。おあいにくさまだな、これがいるんだ。子も三人」

ぷっと善吉が噴きだした。

「おめえ、なに笑ってやがんだ」

「いやだって、女の子が三人、その三人ともえらい美形っていうのは妙ですよ。夫婦は似たような顔してるのに。まったく八丁堀《はっちょうぼり》の不思議の一つですよ。河上のところはかわいい子だけ選んでもらってきてるんじゃないか、とまでいわれてますからねえ」

「なに、初耳だな。誰がそんなこと、いってやがんだ」

善吉は黙りこんだ。

「また竹内か。あの野郎、斬り殺してやりてえな」

「でも、きっと返り討ちですよ」

「闇討ちならどうだ」

「でも竹内の旦那、確か無天心明流とかいう一刀流の遣い手なんですよね。やはり返り討ちなんじゃないですか。無心たかり流なら、旦那も免許皆伝なんでしょうけど」

「おめえ、うまいことというな」

いうなり、頭をごつんとやった。手加減なしで、善吉は頭を押さえてうずくまった。

「だから、本気にされたらどうすんだ。ところで重兵衛、剣はやっぱり遣えるんだろう。俺が竹内の野郎を殺すとき、助太刀してくんねえかな」

「もちろん喜んでやらせていただきます」

河上は横を向き、ぺっと唾を吐いた。

「俺がやれるわけねえ、ってぇ目だな。くそおもしろくもねえ、図星ってところが特によ。おい善吉、いつまでもしゃがみこんでんじゃねえよ。引きあげるぞ」

十六

宗太夫の遺骸はあくる十一日、引き取りを許された。

重兵衛は、名主の勝蔵と相談の上、宗太夫の葬儀の準備をすることになった。

近所の女房衆も手伝いに来てくれた。女房だけでなく、若い娘もたくさん加わっている。

そのなかで、自分をじっと見ている娘がいることに重兵衛は気づいた。

重兵衛が目を向けると、あわてて顔をそむけてしまったが、あのおそのという娘だった。

十一日の夕方から宗太夫の家ではじまった葬儀は盛大なものとなり、村中の人が来てくれた。

みんな涙を流している。たった三年いただけなのに、これだけ慕われ、愛されている。

宗太夫の人柄が知れた。

そう考えると、なぜあんな殺され方をしたのか、それが不思議でならない。

河上惣三郎は顔を見せていない。探索がどの程度進んでいるのか、ききたくてならないのだが。

夜も深まり、焼香に訪れる者もだんだんと少なくなってきた。

そのなかで一人、十徳を羽織った落ち着いた身なりの五十すぎと思える男が姿を見せた。

「おそくなりまして、申しわけございません」

棺桶の前で正座し、頭を深く下げた。

「手前、浜松町で手習師匠をやっております乙左衛門《おとざえもん》と申します。生前、宗太夫さんにはずいぶんとお世話になりまして。どうぞ、お見知りおきを」

顔をあげた乙左衛門は重兵衛を見て、一瞬驚いたように目を見ひらいた。

「どうかされましたか」

重兵衛がきくと、即座に表情を消した。

「いえ、あなたさまが遠国にいる知り合いにそっくりでしたもので、なぜここに、と思いましてな……」

これまで乙左衛門と会ったことがあるか重兵衛は記憶を探ったが、まちがいなく初対面だった。

十二日の夕方に葬儀は終わり、宗太夫の遺骸は田左衛門の厚意で、田左衛門の家の菩提《ぼだい》寺《じ》である妙本寺《みょうほんじ》におさめられた。

あくる十三日の朝、教場のほうから子供の訪う声がした。

重兵衛がそちらにまわると、十名ほどの子供がやってきていた。

吉五郎にお美代、松之介の三人が先頭にいる。番頭の二人も、そのうしろにつき添うように顔を並べている。

「今日は休みなんだ。というより、この手習所は閉めることになるだろうな」

「ええっ、そんな。重兵衛さんがやればいいじゃない」

お美代が強くいった。

「そうはいかん。この手習所は師匠がやっていたからこそ、みんな信頼して通っていたはずだ。俺なんかでは、とてもではないが師匠はつとまらぬ。それに、この家は師匠が借りていたものだし、師匠が亡くなったからって、俺が勝手に住み着いてよいものではない」

「ここを出て、どこへ行くの」

「まだ決めておらぬ」

「決めてないんだったら、なにも出てゆくことないでしょ」

「そうだよ。重兵衛さんがやってくれないと、村から手習所がなくなっちゃうよ」

吉五郎がいい、番頭をつとめる倉蔵が続けた。

「俺、また麻布に通うのいやですよ。麻布のやつら、町に住んでるからって、すごくいばるんです」

「そうだよ、重兵衛さん、俺たちをいやな目に遭わせたいのかよ」

松之介が叫ぶようにいう。

「そんなことはないが」

「だったら、断るなんておかしいじゃないか」

「そうだよ。重兵衛さん、やってよ」

「やんなきゃおかしいよ」

子供たちが口々にいう。

「重兵衛さん、子供たちのいう通りだよ」

背後から声がした。

振り向くと、生まれたばかりの赤子を大事そうに抱いて長太郎が立っていた。赤子はあたたかそうな着物にくるまれて、すやすや眠っている。

「このおきみだって、いずれ手習に通うことになるだろう。そのとき重兵衛さんが師匠だったら俺はすごくうれしいし、安心もできる。宗太夫さんだってきっと、重兵衛さんが跡を継いでくれるのを望んでいると思うけどな。いい弟子ができたって、すごく喜んでいたし」

長太郎は赤子を抱き直した。

「師匠になにかあったら弟子がその跡を継ぐのは当たり前だし、誰にも遠慮なんかいらないと俺は思うよ」

「長太郎さん、おきみちゃんと名づけたのか」

重兵衛がいうと、長太郎は小さく笑った。

「お知香と相談してだけどね」

「ちょっと重兵衛さん、話をそらさないでよ」

腕を組んでお美代がずいと出た。

「なんで閉めるだなんていうのよ。せっかく仲よくなれたのに、ここで重兵衛さんいなくなっちゃったら、寂しいじゃないの」

お美代は涙をこらえている。

「あたし、重兵衛さんをお師匠さんて呼びたいのに」

「そうだよ。おいらだって呼びたいよ。重兵衛さんは寂しくないのかよ」

「吉五郎、許されるのなら俺だってずっと村にいたい。出てゆきたいなんて気持ちはこれっぽっちもない」

いつの間にか子供の数が増えており、見るとほとんどすべての手習子が集まっていた。

「重兵衛さん、続けてよ」

「頼むよ、重兵衛さん」

子供たちの親も来ており、子供たちの気持ちを汲んでくれるように懇願された。

「しかし、本当に俺なんかでいいのですか」

重兵衛はついにいった。

「えっ、じゃあ、やってくれるの」

松之介にきかれて、重兵衛は考えた。自分に人に教える資格が本当にあるのか。

「重兵衛さん、やってください」

若い娘の声だった。はっとして重兵衛は声のほうに目をやった。

おそのが立っている。

「この家を出てゆく必要なんかどこにもありません。私が請け合います」

なぜこの娘がそこまでいえるのか。

「重兵衛さん、一緒に来ていただけますか。駄目なんかいわせるものですか」

おそのが下を向いてつぶやいた。

「いや、駄目ってことはないが」

重兵衛がいうと、おそのはあわてて顔をあげた。

「いえ、今のは重兵衛さんにいったのではありません」

連れていかれたのは、上野安中板倉家の抱屋敷そばの屋敷だった。

「あれ、ここは確か」

門をくぐったおそのは脇目も振らずさっさと足を進めてゆく。

「お帰りなさいませ」

下女や下男がおそのに向かって頭を下げる。

おそのは沓脱ぎから母屋にあがり、重兵衛にもあがるようにいった。

表座敷に通される。

「重兵衛さん、しばらく待っていてください。今、呼んできますから」

はあ、と重兵衛が答えると、おそのは姿を消した。

この様子だと、おそのはここの娘なのだろう。誰を呼びに行ったのか考えるまでもない。

「お待たせいたしました」

案の定、田左衛門が顔を見せた。一礼して、重兵衛の前に正座をする。

「お話というのはなんですかな」

「いえ、あの……」

あっけにとられたが、重兵衛は腹を決め、切りだした。

「おききしたいことがあるのです」

近くで犬の鳴き声がきこえる。土手で会ったあの柴犬だろう。

「師匠の出身です。近江ですか」

「ええ、その通りです。三年前、宗太夫さんがこの村にやってきた際、手前が請人になったのですが、そういうお話でした」

「どうして国を出たかを」

「主家が潰れて、とのことをおききしました」

やはり侍だったのだ。

「どこの家中かは」

「いえ、ききませんでした。ちょっとひっかかるところがあったものですから」

「それはなんですか」

田左衛門の顔に逡巡《しゅんじゅん》が浮かんだが、すぐに口をひらいた。

「宗太夫さんがやってきた三年前、近江で潰れたお大名はありませんでした。過去十年にさかのぼっても同じです」

「それでも、田左衛門さんは請人になったのですね」

「まあ、そうです。江戸に出てくる人で、わけありでない人のほうを捜すのが難しいくらいですから」

田左衛門は重兵衛を意味ありげに見た。

「それに、どう見ても宗太夫さんは悪さをするような人には見えませんでした」

田左衛門は咳払いをした。

「正直に申しましょうか。本当は金を積まれたんです。それで、手前は請人になることをお引き受けしました」

「その金の出どころを」

「いえ、詮索するつもりはありませんでした」

そうですか、といって重兵衛はわずかに考えに沈んだ。

「師匠に身内は」

「この村に来たときの話では、天涯孤独の身、とのことでした」

ところで、と田左衛門がいった。

「これから重兵衛さんはどうされるのです。まさか村を出るおつもりですか」

そのことで、と重兵衛がいいかけたところを田左衛門が手をあげてさえぎった。

「おそのが手前を呼びに来たのはそのことでしょう。わかっておりますよ。このままあの家にお住みください」

「しかし……」

「家賃の心配もいりません。もし自分に万が一があったら重兵衛をよろしく頼む、と宗太夫さんにいわれております。宗太夫さんは、三年分以上に当たるお金を前払いされてますから」

「師匠がそんなことを……」

「ですから、なんの心配もいりません。堂々とお住みください。重兵衛さんの請人には手前がなりますよ」

田左衛門は、実父のような慈愛に満ちた笑みを浮かべた。

「娘を助けていただいたことも、うかがっております。もし重兵衛さんをあの家から追いだしたりしたら、手前は江戸でいちばんの恩知らずということになります。村の者は、重兵衛さんを宗太夫さんに劣らず慕っていますから、手前は村人にも顔向けできなくなりましょう」

田左衛門は言葉を切った。

「実を申せば、あの家は宗太夫さんが来る前から手習所だったのです。しかし三年半ほど前に、年老いた師匠が病で亡くなりまして。村の子供は麻布のほうの手習所に行くことになったのですが、町の子供とはうまくゆきませんでしてね。そこへ宗太夫さんが来てくれたものですから、それはもう大喜びだったのです」

そこへあわてておそのがやってきた。重兵衛の前に座り、手をつく。

「これ、嫁入り前の娘がそんなに走って、はしたない」

田左衛門が叱ったが、おそのはろくにきいていない。

「ごめんなさい、重兵衛さん。うさ吉に餌をやるのを忘れて、鳴かれたものですから」

「うさぎを飼っているんですか。しかし、うさぎって鳴くものですか」

重兵衛がきくと、田左衛門が苦笑した。

「いや、庭の犬のことです。犬にそんな名をつけるなど、やはりこの娘は変わり者ですよ。でなければ、頭から土にはまることなどあり得ないでしょうけど」

「私は変わり者なんかじゃありません」

おそのはいいきった。

「どこにでもいる娘です。あのときは本当にびっくりしましたけれど」

あの日、うさ吉と一緒にあの道を散策していてあまりに緑がまぶしい景色に見とれていたら、いきなり道がなくなったという。

気がついたら大木と土手のあいだにはさまれており、身動きが取れなくなった。体を動かすたびに頭が土に埋まってゆき、ついには声もだせなくなってしまったのだ。

「おそのさん、うさ吉に礼をいったかい。うさ吉がもし呼びに来なかったら……」

重兵衛は笑っていった。

「えっ、そうだったんですか。じゃあ、これから餌を倍やるようにします。大好きな散歩にも日に二度は行くようにしないと」

「しかしあのうさ吉がなつくなんて、重兵衛さんは犬にも好かれるようですな」

田左衛門がしみじみとした口調で話す。

嚙みつくことはないが、おその以外にはなかなかなつこうとしない犬だという。

「しかし、あのうさ吉がなついたということは……」

田左衛門が思わせぶりにいって、おそのを見た。

おそのは真っ赤な顔を伏せた。

「田左衛門さん、おそのさんは一人娘なんですか」

「おや、重兵衛さん、なんでそんなことをきかれるんです」

「いえ、別に深い意味は……」

田左衛門はにこやかな笑みを見せた。

「末娘です。四人姉妹なんですが、家に唯一残っている娘ですよ」

田左衛門の顔はゆるんでいる。明らかに末娘を溺愛《できあい》しているが、おそのは甘やかされて育てられたことを一切感じさせないまっすぐで明るい娘だった。

「そうだ、お父さん。重兵衛さんのことなんだけど」

「それなら話はついた。安心していい」

田左衛門は、娘にこれまでのやり取りを語ってきかせた。

「ああ、よかったあ」

おそのは胸を押さえて、飛びきりの笑顔を見せた。

「重兵衛さん」

田左衛門が呼びかけてきた。

「今からでもさっそく名主さんのところへ行きませんか」

断る理由はなかった。

外へ出て、重兵衛は田左衛門と肩を並べて歩きはじめた。

「ところで、重兵衛さん」

田左衛門が声に緊張をにじませて、きく。

「宗太夫さんを殺した者なんですが、見つかりそうなんですかね」

重兵衛は首を振った。

「どうなのでしょうか。自分にはわかりません」

十七

勝蔵からは、これからよろしくお願いします、とくどいほどいわれ、逆に重兵衛が恐縮するほどだった。

「来年四月に新しい人別帳をつくるので、そのときまでに、印鑑を用意しておいてください」

勝蔵は穏やかな笑みを頬に浮かべていい、それからたずねた。

「重兵衛さんはどちらの出です。これは関心からきいているのではありませんよ。人別帳に載せるには、人別送りといって、もと住んでいた場所から証書をもらわなければなりません。来年の四月までに証書をもらうことができますか」

「来年四月……」

「どうです、大丈夫ですか」

「なんとかします」

この村に住み続けるためには、一度国に帰り、すべての始末をつけなければならないようだ。

「では、師匠も同じことをしたのですね」

重兵衛がきくと、勝蔵は首を振った。

「いえ、結局、宗太夫さんから証書はもらっていないのです。罪を犯した際、人別帳に載っていないと無宿扱いですからいろいろと問題がありますが、宗太夫さんの場合はほとんど村の外に出ることもなかったですから、結局そのままに。まあ、そのあたりはどうとでもなるものなのですよ」

屋敷に帰る田左衛門に礼をいって白金堂への道を戻りながら、それにしても、と重兵衛は思った。三年分の家賃の前払いとは。

ただ、そこまで好意に甘えていいのか、という思いは心の隅にいまだに残っている。

しかし、これも天から与えられた定めだ、と思いきることにした。

重兵衛の心には、宗太夫に恩返しをしたいという思いが強くある。

それにはどうすればいいか。

よし。

重兵衛は一つの決意をかためた。

家に戻るだいぶ手前の道に、子供たちが集まっているのが見えた。重兵衛を見つけるや、一目散に駆け寄ってきた。

「どうだった。話はついたの」

いちばん足がはやい吉五郎が問いかける。

「ああ、みんなのおかげだ。このまま住み続けてよいことになった。つたない師匠だが、よろしく頼む」

子供たちは歓声をあげた。その姿を見て、重兵衛の心は熱くなった。

「今日からさっそくやるの」

お美代がきく。

「いや、今日は休みだ。今日だけでなく、すまぬが、十日ばかり休ませてほしい」

なんで、どうして、と口々にきいてくる。

師匠の仇《あだ》を討つ、といいかけて重兵衛は言葉をとめた。そんなことをいったら、手伝う、といいだすに決まっている。

「師匠の跡を継ぐにあたり、やり残した仕事があるのだ。それを終わらせぬと、どうにも気持ちが落ち着かぬ」

重兵衛はその足で村の外に出た。向かったのは木挽町。

じき木挽町に入るという前から、重兵衛は顔を伏せ気味に歩いた。

知っている顔に出会ったらすぐさま姿を隠せる備えをしつつ二郎兵衛の家に行き、隣家の女房に話をきいた。

二郎兵衛の葬儀は、仁左衛門がだしてくれたという。

続いて、二郎兵衛の人となりをきいた。

「ほとんど近所づき合いはなかったんですよ。ですから、石橋の旦那の人となりをきかれてもねえ」

近所のほかの女房にも当たった。

「そうねえ、いつも家でごろごろして、酒ばかり食らっている様子だったし。特に働いているようにも見えなかったわよ」

その後、家主の仁左衛門を訪ねた。

「ああ、これは重兵衛さん、よくぞいらしてくれました」

仁左衛門は、敷地の広い一軒家に住んでいた。重兵衛は、手入れの行き届いた庭が見渡せる、風通しのいい座敷に通された。

重兵衛は、二郎兵衛の葬儀の差配をしたことへのねぎらいの言葉を発した。

「いや、町役人として当然のことですよ。そちらは」

重兵衛は、宗太夫の葬儀も無事終わったことを伝え、自分が宗太夫の跡を継ぐことになったと告げた。

「重兵衛さんが手習師匠に。それはようございましたな」

笑顔を消し、仁左衛門は真顔になった。

「ところで今日は」

重兵衛は決意を述べた。

師匠の仇討、という言葉をきいて仁左衛門はさすがに驚いた。その表情には、わずかに危ぶむ色も浮かんでいる。

「……わかりました。手前もできる限り、力をお貸ししますよ」

「ありがとうございます」

重兵衛はさっそく本題に入った。

「二郎兵衛さんですが、この町に住むに当たってどなたが請人になったのです」

「手前です」

「あの家に住むことになったのは、誰かの紹介ですか」

「いえ、そういうのは別に。空き家の張り紙をだしておいたら、じかにこちらにいらっしゃいました」

宗太夫同様、金を積んで請人になってもらったのでは、という感触を重兵衛は得た。

「二郎兵衛さんに身内は」

「いえ。天涯孤独とのことでした」

宗太夫と同じだ。

「宗太夫さん以外に親しくしていた人を」

「いや、知りませんねえ。石橋さまは人づき合いはほとんどなかったですから」

「ここ最近、身のまわりにおかしな気配を覚えるとか、身の危険を感ずるようなことをいっていませんでしたか」

「いえ、そういうのは別に」

その通りなのだろう。なにも感じていなかったからこそ、あれだけの遣い手である二郎兵衛もあっけなく殺されてしまったのだ。

これ以上きくことを思いつけず、礼をいって重兵衛は仁左衛門の家を辞した。

それにしても、と道を歩きながら思った。単なる浪人でしかない二郎兵衛がなにゆえ游んで暮らせるだけの大金を持っていたのか。

そう考えると、宗太夫のほうも同じだった。手習子に裕福な家の子など一人としておらず、謝礼の束脩《そくしゅう》も現金で払われることなどめったにないのに、生活に窮しているそぶりはまったく見えなかった。

重兵衛のために医師を呼んでくれたり、提供された食事も贅沢とはいえないものの決して粗末ではなかったことを考え合わせると、宗太夫の暮らし向きはむしろ豊かといえた。

宗太夫と二郎兵衛。

考えたくはなかったが、二人から臭ってくるのは、まちがいなく犯罪の臭いだ。

三年前、二人はなにかをやらかして国許を出、そして江戸に住み着いたのではないか。

二人が殺されたのは、その復讐では、と思えてならない。

ただし、夢にうなされていたことを考えると、宗太夫はきっと後悔していたにちがいない。

十八

五月十五日になった。

昨日の午後から降ったりやんだりの雨は今日の四つ前にあがり、空には晴れ間も見えてきた。

雲の隙間を狙って射しこむ光は強烈で、永田町にある上屋敷は一気に猛烈な湿気に包まれた。

障子をひらいてほとんどない風を入れる努力をしつつ、左馬助が団扇《うちわ》で顔をあおいでいると、来客があった。

待ちかねていた人捜し屋の紋兵衛だ。

「よく来てくれた」

さっそく自室に招き入れて、対座した。

紋兵衛は三十すぎか。腕利きで経験深そうなのに、かなり若い。面長で、月代はつるつるにそっている。目は聡明さに輝き、ほどよく引き締められた口許には穏やかな笑みが常にたたえられている。

あまり人目に立つことのない、紺の矢絣《やがすり》の小袖を着ている。堀井道場ではじめて会ったときも、この着物を着ていた。

「わかったのか」

期待をこめてきく。

「わかりました」

力強く断言して紋兵衛は、懐から一枚の人相書を取りだした。

「この男の居どころが知れました」

「どこだ」

紋兵衛は現在の名と男の住みかを告げた。口調は控えめだが、その表情には揺るぎない自信が見えている。

「では、そういうことで」

一礼して紋兵衛は部屋を出ていった。

昨日の午後から落ちはじめた雨に降りこめられて、重兵衛は書見をしていた。

昨日も宗太夫がつかっていた部屋で一日中書見をしていたが、その続きだった。

昼前には雨があがり、雲の切れ間から日が射してきた。昼餉をつくろうと支度をはじめたとき、常陸へ行っていた幸蔵が帰ってきたという話を、お知香がつくった煮しめを持ってきてくれた長太郎からきかされた。

「朝、五つ半頃かな、雨のなかできあがった鍬をおさめに麻布村のお得意さんのところへ行ったんだ。そのとき、幸蔵さんを見かけた。遠目だったから声はかけなかったけど」

ありがとう。昼餉を食べずに重兵衛は幸蔵の家へ向かった。

宗太夫の死を知らせなければならないし、宗太夫と親しかった幸蔵なら、宗太夫たちが江戸に出てきた理由についてなにか知っているかもしれない。

ぬかるんだ道を急ぎ足で歩いた。

途中、村の女房に会った。おやえというよく肥えた女だが、声はほがらかで、笑うと日がなくなる表情が福々しい。

「重兵衛さん、もう落ち着いたかい」

「ありがとうございます。ええ、おかげさまでだいぶ」

「そう、それはよかったわ」

おやえは不意に声をひそめた。

「今、姉さんからきいてきたんだけど」

重兵衛は耳を傾けた。きき終えると、礼をいっておやえと別れた。

その後、行き筋で会った何名かの村の子供に、決して一人にならないように注意した。さもないと神隠しに遭うぞ、と。

おやえがいうには、麻布界隈で昨日一日だけで、三名の子供が行方知れずになったというのだ。

あと半町ほどで麻布本村町に入るというところで、こちらに歩いてくる黒羽織に気づいた。

「おう、重兵衛じゃねえか。どこ行くんだ」

手をあげて、近づいてきた。うしろに控える善吉が会釈をする。

「ええ、ちょっと知り合いの家まで。河上さんは」

「おう、おめえの村だよ。ききこみだ」

「ええ、重兵衛さん、蕎麦を食いに来たなんてことは決してありませんよ」

「善吉、そんなことわざわざいわなくたっていいんだ。重兵衛、蕎麦はあくまでもついでだからな、勘ちがいするなよ。それからな、なにか思いだしたことがあったら、名主の勝蔵のところにいるから、知らせろ。よろしくな」

「そうだ、河上さん」

重兵衛は、三名の子供の行方知れずのことをきいた。

「それか。今、臨時廻りが調べてはいるんだが。確か三歳の男の子が二人、あとは六歳の女の子だったか」

「三人とも見つかっておらぬのですね」

「そのようだな。子供の行方知れずはなかなかむずかしいんだ。かどわかされたのか、それとも迷子なのかはっきりせんし」

「迷子はないのではありませぬか」

「まあ、そうだな。同じ界隈で三人が急にいなくなっちまったんだからな。手習子たちにもよくいっておくことだ」

河上と別れ、重兵衛は足を進めた。

ここか。前に宗太夫に教えられた場所に家が建っている。どこぞの金持ちの隠居が建てたような、しゃれた雰囲気のある家で、男一人が住むには立派すぎるほどだ。

生垣に沿って南側にまわり、竹でつくられた枝折戸を抜けて縁側に近づいた。

目の前の障子はひらいている。

「ごめんください」

訪いを入れたが、応答はない。

沓脱ぎに、こちら向きにそろえられた立派な草履がある。幸蔵のものだとしてもおかしくはないが、むしろ武家が履くものに思える。

沓脱ぎの脇に、土にまみれ擦りきれかけた草鞋が捨てられていた。

「幸蔵さん、いらっしゃいますか」

さっきより大きな声でいった。

「宗太夫さんのところの重兵衛です」

相変わらず返事はなく、家は静まり返ったままだ。

あのときと同じだな。重兵衛はいやな予感にとらわれた。

「あがらせてもらいます」

失礼します、と大声でいって重兵衛は沓脱ぎに草履を置き、座敷にあがった。

「幸蔵さん、お帰りになったときいたんですが」

慎重に奥に進み、右手に襖が半びらきになった座敷に入ろうとして、足をとめた。

一人の見知らぬ侍が立っていた。

若い。鍛え抜かれた長身から、一目で遣い手であることを重兵衛は見抜いた。

侍のかたわらにうつぶせている男。横顔しか見えないが、紛れもなく幸蔵だ。

むっ、と重兵衛は眉をひそめた。

背中に刺し傷。

重兵衛は、おぬしが殺《や》ったのかとばかりに侍を見据えた。

「俺ではない」

侍はゆっくりと首を振り、落ち着いた声音でいった。

「来てみたら、死んでいた」

「いつ来たのです」

「ついさっきだ」

「訪ねてきた理由を教えていただけますか」

「この男は父の仇だ」

茶飲み話をするような口調でさらりといわれ、さすがに重兵衛は驚いた。

「それなのに、殺ったのではない、と」

「その通りだ」

侍はいきなり刀を抜き、重兵衛に突きつけた。

重兵衛は飛びすさり、間合を逃れた。

「ほう、おぬし遣えるな。それらしい格好はしておらぬが侍だな。なら話ははやい、よく見てくれ」

なにをいっているのかわからない。

「刀身だ。血のりも脂もついていないだろう」

いわれて重兵衛は刀を見つめた。

「確かに」

刀を鞘におさめた侍は、脇差を鞘ごとほうってきた。

「それも確かめてくれ」

重兵衛はあらため、すぐに返した。

「これで俺が下手人でないとは信じられぬかもしれんが、とにかく俺は殺っておらぬ」

重兵衛は目の前の侍を見つめた。

歳は自分と同じくらいか。眉がずいぶんと濃く、ややつった目はよく澄んだ光を放っている。

その気になればうしろからやることに躊躇はしそうにない面構えだが、この男にはそういう殺し方はそぐわない気がする。

「死骸をあらためますが、よろしいですか」

「もちろんだ」

侍は重兵衛の邪魔にならないようにさっさと脇にどいた。

重兵衛は幸蔵に触れた。

宗太夫のときほど冷たくはない。帰ってきて、くつろごうとしたところを刺し殺されたのではないか。殺されて、まだ二刻もたっていないだろう。

重兵衛は背中の刺し傷をじっくりと見た。やはり二人を殺した手口とまったく同じだ。

「ちょっと外に出ませんか」

「ああ、ここでは少し息苦しいな」

二人は外に出た。

重兵衛は新鮮な大気で胸を一杯にした。侍も深呼吸を繰り返している。

重兵衛は侍に向き直った。

「役人を呼ばなければなりません」

「もちろんだ。そうしてくれ」

重兵衛はじっと見た。

「逃げはせんよ。俺だって仇を殺されちまって悔しいんだ」

ここは信用するしかなさそうだ。重兵衛が名と主家はどこかをきこうとしたとき、目の前の道を二人の子供が連れ立って歩いてくるのが見えた。

「吉五郎、松之介」

声をかけると、二人は門に駆け寄ってきた。

「お師匠さん、こんにちは」

吉五郎がていねいに頭を下げ、松之介も続いた。

「幸蔵さんちでなにを」

吉五郎がたずねる。

「野暮なこときくなよ、吉五郎。俺たちは土産をもらいに来た。お師匠さんがなにをなんて、わかるだろ」

「お師匠さんもやっぱり男だったんだな」

吉五郎が笑ってうなずいた。

「やり残した仕事って、色草子をもらうことだったんだ」

「頼みがあるんだが」

重兵衛は割りこんだ。

「もちろんだよ、このことはおいらの胸にしまっておくよ。お美代にも話さない」

「うん、俺も誰にも話さない」

「驚かないできいてほしいんだが……といっても無理だな」

重兵衛は、家のなかで起きていることを告げた。

二人は腰を抜かしそうになった。

「名主さんのところへ走ってくれ。町方役人がいるはずだ。いなかったら、雷神社そばの蕎麦屋だ」

わかった。まかせといて。二人はだっと駆けだした。

腕組みをして侍が寄ってきた。

「おぬし、手習師匠なのか」

それには答えず、重兵衛は丁重にいった。

「一つおききしてよろしいですか」

「そんなていねいな言葉、つかわんでもよい。歳もどうやら同じくらいだし。俺は二十三だが、おぬしは」

重兵衛は答えた。

「やっぱり同じか。ききたいっていうのは仇のことだな」

重兵衛はうなずいた。

「おぬしは信用できそうだから、話してもいいが、今は勘弁してくれ」

庭に舞いおりた数羽のすずめが土の上のなにかをついばんで飛び去ったあと、頭上をつがいらしい二羽のつばめがからみ合うように横切っていった。

南にある低い雲が風に流されて、形を崩しながら徐々に東へ移動してゆく。その雲に向かって一羽のかもめが飛んでゆく。はぐれ鳥のように見えたが、左手から別の一羽があらわれ、二羽は並んで飛びはじめた。

重兵衛は横の侍にちらりと目を向けた。

侍は黙って、江戸ならどこでも見られるそんな光景を飽くことなく眺めている。

十九

「戻ってきたぜ」

いわれるまでもなく重兵衛は気づいている。

松之介のうしろに黒羽織の同心が続き、善吉らしい男も見える。

松之介が一目散に駆け寄ってきた。

「お師匠さん、行ってきたよ。蕎麦屋のほうだった」

「ありがとう。吉五郎は」

「本村町の自身番へ、お役人に頼まれて」

「そうか」

重兵衛は門を入ってくる同心に目を向けた。

「殺しだそうだな」

息も荒げに近づいてきて、河上がいった。

「でもちょうどよかったな、近くに来てて。やっぱりそういう勘が働くんだな、俺は」

酒が香った。

「お、におうか。水をがぶ飲みしてきたんだが、駄目か。蕎麦屋の親父がよ、勧めやがんだ。仕事中だからって断ったんだが、あの親父、勧め上手なんだ」

河上のうしろで、善吉が信じちゃいけませんというふうに手を振っている。

河上はくるりと振り向き、善吉の頭を拳骨で殴りつけた。

いててて。善吉はしゃがみこんだ。

「まったく油断も隙もありゃしねえ」

吐き捨てるようにいって重兵衛に向き直る。

「遺骸はなかだな。さっそく見せてもらおう」

家にあがりこんだ河上は座敷に入り、距離を置いて死骸を見た。

「おい重兵衛、同じ手口だな」

その言葉に侍が河上に顔を向けた。

「どういう意味かな。前にもああいうふうに殺された人がいるのか」

「あんたは」

「死骸を見つけた者さ」

「えっ、重兵衛じゃなかったのか」

河上はまじまじと侍を見つめた。

「あんた、名は」

そのとき同心と医師らしい男が入ってきた。背後に医師の小者らしい若者が続いている。

そのうしろに吉五郎がいた。

「げっ、竹内」

河上が口のなかで小さな叫び声をあげた。

「おう、惣三郎、この子から知らせをもらってな」

「じゃあ、本村町の自身番にいらしたんですか」

「変死が出て、さっきまで麻布田島町《たじまちょう》にいたんだ。結局、病死だったんだが。それで帰りに本村町の自身番に寄って茶を飲んでたら、この子が飛びこんできた」

「だから道俊《どうしゅん》先生もご一緒なんですね」

「そういうことだ」

道俊と呼ばれた医師が前に出てきた。

「これは先生、ご苦労さまです。ご無沙汰しております」

河上は馬鹿ていねいに頭を下げた。むっと道俊が顔をしかめた。

「おまえ、飲んでるのか」

竹内が見とがめる。

「まったくしょうがないやつだ。どうせどこぞの店にたかっていたんだろう」

「たかってたなんてとんでもない。しば漬を食べすぎたんです」

「それをいうなら奈良漬だ」

あきれたようににらみつけてから、竹内は河上にたずねた。

「死骸を見つけたのは」

「こちらの方です」

河上が手のひらで侍を示した。

「事情はきいたか」

「いえ、これからです」

「そうか。じゃあ俺がきく」

竹内は侍を簞笥の近くに連れていった。

「重兵衛、ちょっと来い」

河上に手招きされ、重兵衛は近づいた。

「おまえさん、なんでここに」

重兵衛は理由を告げた。

「ふむ、師匠の死を教えにな。ついでに師匠について話をきこうと思っていたんだろ」

「その通りです」

「ところで、あの侍は何者だ。少しは話をしたんだろう」

重兵衛は語った。

「死人が父の仇だと。本当にやつはそういったのか。だったら、やつの仕業だろう」

重兵衛は侍の両刀のことを話した。

「血のりも脂もなしか。実は逃げようとしたときにおまえさんが来たんで、凶器はどこかに投げ捨てただけかもしれんぞ。そのへんを捜せば、出てくるだろう」

「でも本当に下手人だったら、父の仇なんていうでしょうか。もっとほかの理由をいってもいい気がしますし、なにより手前を殺してもよかったはずです」

「やつは、おまえさんを殺せるような手練なのか」

「かなりの遣い手であるのはまちがいないですね。肩の盛りあがり、腰の落ち方」

「ふーん、そうか、そうだろうな。俺もそう思ってたんだ」

そのときだった。それまで低い声で語っていた侍が一瞬だけ大きな声をだした。

三河刈屋、なるせ、という言葉が耳に届いた。

河上が怪訝そうに眉をひそめた。

「三河刈屋って、あの侍の故郷かな。なるせは名か。刈屋は、確か譜代の土井家だったよな。ちがうか、重兵衛」

「いえ、その通りです」

「やはりそうか」

河上は満足そうにいった。すぐに表情を引き締め、同心らしい顔になった。

「幸蔵と師匠、二郎兵衛、この三人の関係を洗わなけりゃならんな。重兵衛、なにか知ってることはないか」

「いえ、こちらがききたいくらいです」

「幸蔵の生業は」

重兵衛は教えた。

「色草子売りか……」

河上の瞳が光った。

「ほう、常陸から帰ってきたばかりなのか。下手人は、今日帰ってくることを知っていたことになるのかな。そうだとしたら、人数は確実にしぼられる」

「でも、幸蔵さんが今日、帰ってくることを知っていた人などいるのでしょうか。わかっていたのは、この家を半月ばかり留守にすることだけです」

「半月で帰るといってたのか」

「行商に行くたびそのくらい家を空けていたそうです」

「すると、忍びこんで帰りを待っていたってことも考えられるな」

重兵衛は驚いて河上を見た。

「なんだ、俺が鋭いことといったからって、尊敬してやがんな」

「はあ、その通りです」

「正直な野郎だぜ」

ばしんと重兵衛の肩を叩いた。

強烈な一撃だったが、その一瞬前に、重兵衛は家をのぞきこんでいるような妙な目を感じ、痛さを忘れた。

あいている障子の向こうに目をやる。麻布の緑が濃い風景が見えているだけで、誰もいない。

気がつくと、同じようにあの侍もそちらに目を向けていた。

「おい、惣三郎、きき取りは終わったか」

竹内が声をかけてきた。

「はい、終わりました」

河上が元気よく答える。その言葉を受けて、竹内が医師にいった。

「道俊先生、お待たせしました。検死をお願いします」

道俊のあらためはすぐに終わった。殺されたのはここ二刻以内、脇差のような鋭利な刃物で背中から心の臓を一突き。

「すごい手練です。痛みなど一瞬たりとも感じなかったのではないでしょうか」

一礼すると道俊は小者を連れ、家を出ていった。

あれ、と河上が声をあげた。

「あの侍、もう帰っちまったのかな」

河上はそのことを竹内にただした。

「ああ、引き取ってもらった。あの侍は殺しとはなんの関係もない」

「でも仏さんは、父の仇らしいじゃないですか」

「それでも関係ないんだ」

「事情はきかれたんですか」

「当たり前だ。幸蔵は本名を源八《げんぱち》といい、領内であの侍の父親を殺したそうだ」

「領内というのは三河の刈屋ですか」

「そうだ」

まあ仕方ないな、という顔を河上はしている。

江戸にいる以上、大名の家中といえども屋敷外に出ていれば幕府の法の支配下に置かれるが、町方役人が家中の士に手をだすことなどめったにないことを重兵衛も知っている。せいぜい、泥酔した勤番侍を一晩留置するくらいだ。

河上は竹内に、これから付近の町をまわってききこんでみる旨を告げた。

「おまえな、本当にしっかりやってくれ。頼むぜ。ご隠居からも、おまえのことをよろしく頼む、といわれてるんだ」

「はい、よくわかっております。おまかせください」

「まったく返事だけはいいんだよな」

竹内のもとを離れた河上が重兵衛にささやきかける。

「おまえも一緒に来い。来ればおもしろい話がきけるかもしれんぞ」

河上は善吉をともなって外に出た。重兵衛はうしろに続いた。

門を抜けようとしたとき、道を小者に引っぱられるようにしてずいぶんと太った男がよたよたとやってきた。真っ赤な顔に汗をだらだらかいている。

「鉢右衛門《はちえもん》さん、大丈夫ですか」

善吉が声をかける。

「いやもう、きついです。死にそうです」

「鉢右衛門、太りすぎだ。ちっとはやせんと、本当に命にかかわるぞ」

「それはわかってはいるのですが」

鉢右衛門と呼ばれた男は、そのあいだもぜえぜえとあえぎを繰り返している。

「でもちょうどいいや。おめえ、幸蔵のことはよく知っているのか」

どうやら麻布本村町の町役人らしい。

「よく、といわれますとあまり自信はございませんが」

「知っているだけのことでいい。この家に住みはじめたのはいつだ」

「三年前です」

「まちがいないか」

「まちがいございません。手前が請人になりましたから」

「重兵衛、宗太夫も村に来たのは三年前だったよな」

「さようです」

「ということは、二人が住み着いたのはほぼ同時ということになるな」

「ほぼ同時とはいえるでしょうが、宗太夫さんのほうが一月ははやかったと思います」

鉢右衛門がいった。

「なんだ、おめえ、宗太夫のことを知ってるのか」

「三年前、白金村から十名ばかりの子供がこの町の手習所へ通ってたんですが、宗太夫さんが白金村に手習所をひらいたということで、みんないっせいに宗太夫さんのところへ移っていったんです。そのことで、よく覚えているんですよ」

「なるほどな。ああ鉢右衛門、この男が宗太夫のあと釜だ」

河上が重兵衛の肩を叩く。

「重兵衛のじゅうは数字じゃねえぜ。重い、のほうだ。まちがえるんじゃねえよ」

「ああ、そうなんですか。それはどうも」

鉢右衛門は太った体を折り曲げた。重兵衛は一礼を返した。

「よろしく頼むぜ、鉢右衛門。手習子を紹介してやってくれ」

「はあ」

河上が拳と手のひらとでぱちんと音を鳴らした。

「よし、鉢右衛門、幸蔵のことだ」

「はい。この家はある行商人が借りていたんですが、その行商人が引っ越していったすぐそのあとに幸蔵さんが入りました」

鉢右衛門の息はようやくおさまりつつある。

「幸蔵の出身は三河の刈屋か」

「いえ、尾張とききましたが」

「隣国か。なまりに上方を感じたことは」

「いえ、ございません」

「重兵衛はどうだ」

「幸蔵さんとは一度しか言葉をかわしていませんが、そのときは感じませんでした。ただ、いわれてみれば、さっきのあの侍と話しぶりは似ているように思えますが」

「そうか。鉢右衛門、幸蔵は家賃をためたりはしてなかったか」

「それはありません。手前がこの家の差配をさせてもらっているんですが、毎月晦日前には必ず。長旅に出る際には、前もって支払ってくれました」

　ここで鉢右衛門と別れた。

　道を歩きはじめた河上は懐から一冊の書物を取りだした。

「色草子じゃないですか。いつの間に持ってきたんです」

　善吉があきれてきく。

「部屋の隅に捨ててあったんだ」

「捨ててあったって」

「いいじゃねえか、三冊くらい。減るもんじゃなし」

「三冊も持ってきたんですか。それに、確実に減ったと思いますけど」

「うるせえな。おめえにもあとでまわしてやるよ。だからその口はしばらく閉じとけ」

「旦那、約束ですよ」

「おう、まかしとけ」

河上は熱心に見入っている。

「ふむ、しかしたいしたもんだな。見飽きたかかあより、こっちのほうがよっぽど新鮮だ。俺も色草子売り、やるかな。趣味と実益を兼ねた商売だものな、うらやましいぜ」

「先ほど竹内さんが、ご隠居といわれてましたが、河上さんの父上のことですか」

重兵衛が話題を転じるようにきくと、河上は興ざめしたように色草子を閉じた。

「ああ、親父もとにかく厳しくて口うるさいんだ」

「あんまりきつくいわれたもので、旦那はこういうふうになっちまったんですよ」

「おい、善吉、そりゃどういう意味だ」

「これでも昔は北町奉行所期待の星だったんですけどね。あまりきついいいすぎるのもよくないというよい例といえるんじゃないでしょうか」

「期待の星ですか」

「親父さんは惣左衛門《そうざえもん》さんというんですが、町衆からは仏と慕われ、悪人からは鬼の惣左と恐れられた名同心だったんですよ」

「おい、重兵衛」

河上が怖い顔でにらみつける。

「おめえ、今、似ても似つかぬ、と思っただろう」

「なぜわかるんです」

「おめえもだんだん口が減らなくなってきたな。おもしろくもねえ」

それから重兵衛は付近の町を河上と一緒に、幸蔵について、そして幸蔵の家近くで怪しい者を見てる者がいないかきいてまわったが、得られたものはなに一つとしてなかった。

二十

左馬助は上屋敷に向かって歩いている。

源八は、博打が三度の飯より好きなならず者だった。

紋兵衛によると、居どころが知れたきっかけは、あの男が色草子などの行商を生業にしていたことだ。源八はいろいろなところに顔を売りすぎ、結果、紋兵衛の網にひっかかった。

源八が、父と供の清造の死に関わっていることはまずまちがいない。

三年前、二人は殺され、山に埋められたのだ。

それが、つい最近の大雨で土砂が流され、白骨が出てきたのである。

死骸は全部で三つ。もう一体は女だった。

白骨と化していた死骸が父であると判明したのは、腐った着物のなかに愛用の根付が見つかったからだ。

左馬助は、目付頭で上役の岡田吉右衛門《おかだきちえもん》に命じられ、一人、江戸に出てきたのだが、なぜ重役の一人である吉右衛門が下っ端の役人でしかなかった父の死に興味を抱いたのか。

その理由を吉右衛門は告げはしないが、左馬助には見当がついている。

見当というよりほぼ確信に近い。吉右衛門も、おぬしならいわずともわかるだろう、といいたげな表情をしていた。

左馬助に与えられた命は、二人の男を連れ帰ること。一人は源八。もう一人は領内の大百姓の四男万吉《まんきち》。

源八が死んだ今、残るは万吉のみだ。

腕利きの紋兵衛をもってしても、万吉の居どころはいまだにつかめていない。

江戸にいないということは、まずあり得ない。いつもつるんでいた親友の源八が江戸にいたことがなによりの証だし、万吉は江戸への憧れを常に口にしていたという。

万吉は源八のそばにいるのだろうか。

麻布本村町周辺を当たれば、見つかるだろうか。

しかし、周辺といってもやたら広い。ここはやはり紋兵衛の腕を信じて待つほうがよさそうだ。

死骸となって見つかった女は、父とほぼときを同じくして行方知れずになった百姓の女房で、万吉が横恋慕していた女だろうとのことだ。こちらは大事にしていたかんざしから身許が知れた。

おそらく万吉は手ごめにしようとして抵抗され、殺してしまった。そのときちょうど郡奉行の役人として村を巡回中だった父と清造に捕縛されたが、それを源八が襲い、万吉を奪い返した。

役人を殺してしまった以上、この地にいることは危険だと判断した二人は、死骸が見つかる前にさっさと刈屋をあとにし、江戸に出てきた。

筋としてはだいたいそんなところだろうと思えた。

しかし、父はかなりの遣い手だった。いくら不意を衝かれたとしても源八ごときにやられる男ではない。清造も槍術に関してはかなりのものだった。

誰か助太刀した者がいる。

左馬助は、さっき会った侍としか思えない男を思いだした。

十兵衛と呼ばれていたあの男に、町方役人が、同じ手口だな、と問いかけていたが、あれはどういう意味なのか。

源八以外に殺された者がいるということだろうが、それは誰なのか。

助太刀をした者、という思いが心をよぎってゆく。

それが気になって、主家と自分の名がきこえるよう口にしてみたのだが、やつは意図を汲んでくれただろうか。

上屋敷を訪ねてくることを期待してのことだが、もし来なかったら来なかったで、こちらから押しかけるまでだ。

どうやら源八とは懇意にしている様子だったから、近所の者にきけば居どころはすぐに知れるにちがいない。

もっとも、話をきくだけならあの男を家の外で待ちかまえていてもよかった。

だが、左馬助には気になったことがあった。町方役人から事情をきかれているとき、家をのぞきこむような目を感じたのだ。

その目は、東海道で夜盗たちを倒した直後に感じたものと同一に思えた。

そして、その眼差しは今も感じている。

相手は左馬助が気がついていることをおそらく知っているにもかかわらず、目を隠そうとしない。

左馬助は、眼差しの主をどこか人けのないところへ誘いこもうとしていた。

どこかいいところはないかさりげなく目を走らせているが、さすがに江戸で、どこまで行っても人通りが絶えることがない。

道が飯倉片町《いいぐらかたまち》近くの武家屋敷が密集しているところにかかった。

そこまで来て、ようやくそれまでの人通りが嘘のようになくなった。

格好の場所だった。左馬助は腹を決め、鯉口を切った。

しかしその意図を読んだように、眼差しはふっとかき消えた。

二十一

あくる十六日、朝餉をすませた重兵衛は、あの侍がいるはずの上屋敷を訪ねようと家を出た。

土井家の上屋敷が永田町にあるのは知っている。

刻限は五つ前だろう。見える限りの田や畑には百姓衆が出て、背中を丸めて働いている。

あの働きぶりには頭が下がる。とてもではないが、真似できることではない。

新堀川沿いの道を東へ進み、四之橋を北へ渡って、御薬園坂《おやくえんざか》をのぼりはじめた。

この坂の名の由来は、寛永《かんえい》の昔、坂の西に御薬園があったことからくるらしいが、その薬園は白金御殿造営の際、新堀川の船入り普請でよそに移されたという。

今はどこを見渡しても、薬園の名残すら見つけられない。薬園だったはずの場所は、常陸土浦《つちうら》で九万五千石を領している譜代の土屋《つちや》家の下屋敷となっている。

だらだらと一町半はのぼる坂もあと少しで終わろうとするときだった。

「あの、重兵衛さんですか」

重兵衛は、前からやってきた若い男に呼びとめられた。

「そうですが」

はじめて見る顔だ。目が細く、頬はそぎ落としたように肉がない。日傭取《ひようとり》のように浅黒い肌をしており、胸板は厚く、肩のあたりは盛りあがり、腹は見事に引き締まっている。

「いつもお世話になっています」

男はていねいに腰を折った。

「あっしは安之助《やすのすけ》と申します。亀吉《かめきち》の父親です」

亀吉といわれ、誰だったか考えるまでもなく、その顔を思い浮かべることができた。

口数が多いほうではなくあまり目立たないが、手習はかなり熱心だ。歳は八つで、物覚えは相当いい。

母親はお咲《さき》というが、そのあたりの利発さを見こんでか、亀吉をいずれどこかの商家に奉公をさせたいという希望を持っているときいた。

だが、確かお咲は夫とは数年前に死別したという話だったはずだが。

重兵衛はそのことをいった。

「ええ、亀吉はあっしの実の子ではないんですよ。実を申しますと、あっしはお咲とつい十日前に所帯を持ったばかりなんです」

「えっ、ああ、そうだったのですか。申しわけありません。存じませんでした」

亀吉もそんなことはいっていなかった。

「おめでとうございます」

急いで祝いの言葉を述べる。

「ありがとうございます。でも、重兵衛さんが知らなくても不思議はありません。お互い二度目ということで、あまり派手な披露目もしなかったものですから」

不意になにかを思いだしたように安之助は深刻そうに眉を曇らせた。

「どうかしたんですか」

重兵衛が問うと、安之助は首をうなずかせた。

「実は、亀吉の弟で三歳の鶴吉《つるきち》が行方知れずになったんです」

亀吉に弟がいたことも初耳だったが、重兵衛の頭をよぎったのは、この界隈で起きている子供の行方知れずだった。

「まさか」

「ええ、あっしもそのまさかじゃないかと思って、捜しまわっているんです」

そうときいては放っておけない。

「手前も捜します」

「ありがとうございます。そうしていただけると、本当に助かります。人手は一人でも多いほうが」

「鶴吉さんですが、いつどのあたりでいなくなったんです」

「手習所が休みなんで亀吉が友達と遊びに出たのを追って、一人でこのあたりまで来たらしいのを見た人がいるんです」

重兵衛は唇を噛んだ。

「ああ、いえ、重兵衛さんを責めているわけではありません。こんなときに鶴吉を一人にしちまったあっしたちが悪いんですよ」

「では、このあたりにいるかもしれぬわけですね。でしたら、手前もこのあたりを捜してみます」

「いえ、ところが、逆に白金村と三田村の境のほうで見たという話もありまして、それであっしは村に戻ろうとしていたんです」

「でしたら、そちらは手前が行きます。見つかったら家へ連れてゆけばよろしいですか」

「ありがとうございます。でも、家ではなく、本照院《ほんしょういん》までお願いします」

知らない寺だが、道をきいたらだいたいの場所は理解できた。村の北東部になるあたりだろう。

「鶴吉さんはどんな格好を」

安之助はすらすらと語った。

重兵衛は頭に叩きこみ、道を戻りはじめた。

村に入り、三田村との境を目指した。

すぐに広壮な武家屋敷の群れが目に入ってきた。

最大の屋敷は讃岐《さぬき》高松で十二万石を領する松平家の抱屋敷だが、その手前にも三河西尾《みかわにしお》六万石の松平家の中屋敷、奥には阿波徳島《あわとくしま》二十五万石の蜂須賀《はちすか》家の抱屋敷が建っている。

あれらの武家屋敷を縫う道を南に進めば、白金大通に出て、その先には増上寺《ぞうじょうじ》の下屋敷があるときいてはいるが、果たして三歳の子がそこまで行けるかどうか。

とりあえず安之助のいう通り、三田村との境を重兵衛は重点的に捜した。

ここまで来たのは重兵衛ははじめてだったが、しかしこのあたりの広大さにあきれる思いだった。

白金村は下渋谷《しもしぶや》、下豊沢、今里《いまざと》、三田、上大崎《かみおおさき》などの村々と境を接している。

武家屋敷や寺を除けば、どこまで行っても田と畑、林、丘が続き、目に入るのは鮮やかな緑ばかりだ。狐狸の類はいくらでもいそうで、狸に化かされた蕎麦屋の話もあながちつくり話とも思えない。

ときおり行く手に水路があらわれるが、丸太が渡されており、向こう岸に進むのに難儀さなど微塵もない。

やがて、三田村との境の名も知らない川に出たが、重兵衛の記憶の限りでは、この向こうは朱引《しゅびき》外のはずだ。つまり、町奉行所の管轄ではないことになる。

百姓や旅人、遊山の者など出会う人すべてに話をきいたが、一人として鶴吉と思える子供を目にした人はいなかった。

腹が減ったなと思ったら、いつの間にか太陽は西の空に大きく傾いていた。あと半刻ほどであたりは夕闇に包まれる。

さすがに重兵衛は焦りを覚えはじめた。

午前中は足を延ばさなかった増上寺の下屋敷のほうまで行ってみた。

下屋敷といっても、幕府の庇護《ひご》を手厚く受けている寺だけあってふつうの寺とは比較にならない広大さで、境内には専長寺《せんちょうじ》、清眼寺《せいがんじ》などいくつかの寺が寄り集まっている。

増上寺の下屋敷を左手に見ながら、上大崎村と白金村の境の道を南にくだっていると、ほんの十間ほど前を、とぼとぼといかにも心許なげに歩いている三歳ばかりの子供がいることに気づいた。

着衣は安之助からきいた通りだ。柿色の無地の広袖を着ており、背中には悪霊よけの背守りと呼ばれる紋が縫いこまれている。

鶴吉の背守りは正面兎です、と安之助はいっていたが、目の前に見えているのは紛れもなくその図だ。

走り寄り、顔をのぞきこむ。

「鶴吉かい」

こくりとうなずいた。

重兵衛は安堵の息を漏らした。

「みんな心配しているぞ。さあ、はやく家に帰ろう」

鶴吉は重兵衛を呆然と見つめて、なにも答えない。

「なにゆえこんなところまで」

「わからない」

「誰かに連れてこられたのではないのか」

鶴吉はこれにも、わからないというように力なく首を振った。

事情をきくのはあとでいいな、と重兵衛は顔をあげ、まわりを見渡した。

日はあと四半刻もかからずに西の彼方に没する位置にあり、暗さは増してきていた。行きかう人の顔もすでに見わけがたくなっている。

鶴吉は疲れきっている様子だ。重兵衛がしゃがみこんで背中を見せると、なんの疑いも見せずに乗ってきた。

重兵衛はさすがに苦笑した。

安之助に教えられた通りの道を進んだ。

やがて、それらしい寺が見えてきた。

五段の階段の先の山門を見あげると、本照院とかすれた文字で扁額に記されていた。

重兵衛は階段をあがり、閉められているくぐり戸を押そうとして手をとめた。

板がずいぶんささくれだち、なかに人がいるとはとても思えない雰囲気がある。

なにゆえこんなところを……。

首をひねりつつも、門をくぐって境内に足を踏み入れた。

破《や》れ寺《でら》だった。敷石が延びる正面に本堂が建っているが、長いこと手入れもされないまま風雨にさらされて、至るところ、塗りがぼろぼろにはげている。

敷石沿いに二つの灯籠《とうろう》が立つ、それなりに広い境内には人っ子一人いない。

「安之助さん」

大声で呼びかけてみたが、返ってきたのは無表情な沈黙だった。

「お咲さん、亀吉」

やはり応答はない。

鶴吉を横におろし、重兵衛はしばらくそこにたたずんでいた。

ここではなかったのか、という思いが頭を占めたが、そんなことはないはずだ。つまり、まだ全員が鶴吉を捜しまわっているということなのだろう。

夕闇が濃くなってきた。

いつまでもここにいても仕方がないように思え、さらに空腹も耐えがたくなってきたこともあって、鶴吉を家に連れてゆこうと重兵衛は身をひるがえしかけた。

そのときだった。ふと、子供の声がきこえた気がした。しくしくと悲しげに泣く声のように感じた。

境内を一陣の風が吹きすぎたこともあり、空耳だったか、とも思ったが、鶴吉も妙な顔をして本堂を見つめている。

「きこえたか」

鶴吉は、うん、といった。

鶴吉の手を握り締めた重兵衛は、化け物でも出そうな荒れ果てた本堂に向かった。

格子戸越しになかをのぞきこむ。

最初はなにも見えなかったが、目が慣れるにつれ、なかの様子がわかった。

本尊が安置されていたと思える場所は見事に空洞になっているが、その手前に黒い影がいくつか横たわっている。

重兵衛は目を凝らした。

鶴吉と同じくらいの大きさの影が二つ、それよりやや大きい影が一つ。

そのいちばん大きな影が、芋虫が這うような微妙な動きを見せている。

また声がした。さっきより明瞭で、明らかに女の子のものだ。

重兵衛は、三つの影が子供であることにようやく気づいた。

格子戸をあけ、なかに勢いよく入りこむ。

猿ぐつわに目隠し、手足には縛《いまし》めをされて子供たちは横たわっていた。

二人は男の子、もう一人は女の子だ。女の子からは目隠しが外れかけ、猿ぐつわももう少しで取れそうになっている。

「今、楽にしてやるからな」

そう声をかけた途端、女の子がおびえたように目を見ひらいた。

ふと、重兵衛は背後の境内に人の気配を嗅いだ。同時に厳しい声が発される。

「きさま、そこでなにをしておる」

振り返ると、夕闇におおわれた境内は二十名に及ばんとする捕り手で一杯だった。小者や中間たちは、火の入った御用提灯を手にしている。

声をだしたのは先頭にいる竹内という同心で、その横には河上がいた。

「なにゆえここに」

重兵衛はほっとして立ちあがった。

「寺社に踏みこみを許されていない我らがなにゆえここにいるのか、か」

竹内が厳しい声を発した。竹内だけでなく、河上もきつい目で見据えている。

本堂が暗いせいで、ここにいるのが誰かわかっていないようだ。

竹内が一歩、二歩と踏みだしてきた。

「寺社奉行の了解は得ておる。寺社方の許しさえ得れば、我らでも踏みこめることを知らなかったようだな」

「そのようなことをきいているわけではありませぬ。手前はいわれた通り、この鶴吉を連れてここに来ただけです」

重兵衛は鶴吉をだっこして、格子戸のところまで出ていった。

いっせいに提灯が当てられる。

「またおぬしか」

目をみはって河上がいった。

「いわれた通りというのはどういう意味だ」

重兵衛は階段をおり、河上に近づいた。

竹内が横から近づいてきた。

「その前に子供を渡してもらおう」

鶴吉を受け取った竹内は背後の中間に預け、すばやく重兵衛に向き直った。

「脇差もだ」

重兵衛が差しだすと、竹内はかっさらうようにして自らの腰に差した。

「いわれた通りというのは」

河上があらためてきく。

「いや、ですからここには安之助さんにいわれてやってきたんです」

「誰だ、そのやすのすけというのは」

「鶴吉の父親です」

「鶴吉の父親は春吉《はるきち》だ」

竹内がいい放つ。

「鶴吉は今朝方より行方知れずになっており、春吉が届けをだしたばかりだ」

「いや、でも十日前にお咲さんと一緒になったばかりだって……」

「おさきだと。誰だそれは」

河上がきく。

「鶴吉の母御です」

「鶴吉の母親はお民《たみ》だ。とらえろ」

手を振って竹内が合図をするや、中間と小者たちが躍りかかってきた。

逃げる気になればさほどむずかしくはなかったが、重兵衛はもう逃げたくなかった。あっという間にうしろ手に縛りあげられる。

「河上さん、これはいったいなんの真似です」

さすがに抗議の言葉が口をついて出る。

「うるさい、俺にはどうすることもできん」

河上は憤然としていった。

「なにもしてないのなら、疑いは自ら晴らせ」

「それがしが子供をかどわかすと本気で思うのですか」

「それがし、といったな。やはり侍だったか」

「そんなことは今どうでもいいでしょう」

「引っ立てろ」

竹内が命じ、小者が綱を引っぱった。重兵衛はがくんとうしろに引かれた。

「待ってください」

声をあげたが、竹内は冷たい一瞥《いちべつ》を向けただけで黙殺した。

名主の勝蔵の屋敷に連れていかれるのかと思ったが、向かったのは、日本橋《にほんばし》南の本材木《ほんざいもく》町《ちょう》の三丁目、四丁目にまたがって建つ三四の番屋と呼ばれる大番屋だった。

目の前によどんだ堀があるせいなのか、どことなく藻の生臭いにおいが立ちのぼってきている。その臭気のなか、綱に引っぱられながら重兵衛は門をくぐった。

つなぎがいったらしく、途中から勝蔵と田左衛門がついてきてくれており、そのことはずいぶんと心強かった。

なかでとめられた二人の村役人と別れて重兵衛は、留置場の前に連れてこられた。

教場ほどの広さがある板敷きの留置場には、おそらく七十名を超える人たちがぎっしりと収容されていた。

手の縛めはそのままだし、この人数では横になることさえ許されないだろう。

「取り調べは明日からだ。よく体を休めておけ」

小者が去っていったあと、居残った河上がささやくようにいった。

「河上さん、本当にそれがしがやったと思っているんですか」

河上は重兵衛をじっと見た。

「おまえさんが子供をかどわかすような馬鹿をやる男じゃないのは知ってるさ。ただし、俺がどう思っているかなど、そんなのはどうでもいいことだ。問題は、ほかの者が重兵衛をどう見るかだ。無実を晴らせなければ、小伝馬町《こでんまちょう》行きだぞ」

鼻から太い息を吐いた。

「小伝馬町行きが決まったら、無実が明かされて解き放ち、なんてことはまずあり得ん。だから、この大番屋の取り調べでどうやって無実を明らかにするかだ」

河上は腕組みをした。

「今日一日のできごとを話せ。きいてやる」

人さし指を唇に当てる。

「ただし、小声でだ」

二十二

左馬助は一日中待っていた。

しかし、待ち人はあらわれなかった。

部屋に射しこむだいだい色に変わりつつある陽《ひ》を見つめて、伝わらなかったか、と少し残念に感じた。

利発そうな男に見えたが、どうやら勘ちがいにすぎなかったようだ。

もともと気の長いほうではなく、あくる十七日の朝、朝餉を食べた左馬助は隣の川口忠一郎に他出する旨を告げた。

「行き先は」

説明するのも面倒だったので、また道場へ行きます、といった。

五つすぎに上屋敷を出て、麻布本村町の源八の家へ向かった。

惨劇のあった家は静まり返っていた。

葬儀でも行われているのでは、と思っていたが、そんな気配はどこにもない。

通りかかった近所の女房らしい三十女をつかまえ、話をきいてみた。

「ええ、葬儀は今夜からはじまるみたいですよ。ここじゃなくて大家さんのところで。でも幸蔵さん、たいへんなことになっちまったわねえ。すぐ近くでこんなことが起きるなんて、夢にも思わなかったですよ」

「大家というと」

「鉢右衛門さんといいます。家はその角を左に行った突き当たりですよ」

かたじけない。左馬助は大家の家に向かった。

鉢右衛門は在宅していた。

座敷に正座をした左馬助は、目の前に座った男の太りように驚きを隠せなかった。力士のほうがまだやせているのでは、と思える。

「源八、いや、幸蔵さんのことで話をきかせてほしいのだが」

驚きを押し隠して、左馬助はいった。

「はあ、どのようなことでしょう」

警戒感が鉢右衛門の表情にあらわれた。見知らぬ侍が訪ねてきて、殺された男の話をききたいという。当然だろう。

「これは大家さんを信頼して話すんだが」

下手に隠し立てするよりも正直に話したほうがいい、と判断した左馬助はずばりといった。

「ええっ、幸蔵さんがお父上の仇っ」

鉢右衛門は、大仰と思えるほどの驚愕の色を顔に貼りつけた。

「本名は源八さん……」

「生まれは三河の刈屋だ」

「手前には尾張と……」

「うしろ暗さの証だな」

左馬助はだされた茶を喫し、喉を湿した。

「あの家に住んだのは三年前からか」

「よくご存じで」

「住みはじめたきっかけは」

「前の住人の紹介です」

「その人の名は」

「政吉《まさきち》さんです。今はあの家の裏の長屋に住んでいます」

「源八と知り合いか」

「まあ、そうなんでしょうねえ」

「なんだ、歯切れが悪いな」

「ええ、その政吉さんは元色草子売りだったんですが、隠居をしたんです。その跡を継ぐ形で、幸蔵さんはあの商売に入ったんですが……」

「なるほど、どこでどういうふうに二人が知り合ったか、おぬしは知らぬというわけか」

「さようで」

「その政吉さんだが、ずっと江戸に住んでいるのか」

「ええ、根っからの江戸者です」

ということは三河からの知り合いではない。

「源八がこの町に住むに当たって、請人にはおぬしがなったのか」

「さようです」

「商売だが、売りあげはどうだった」

「相当のものだったようです。家賃も晦日前には必ず払ってくれましたし」

そうか。左馬助は一つ間を置いた。

「源八が殺される前、誰か怪しげな者が訪ねてはこなかったか」

「さあ、気がつかなかったですねえ」

「近所の者が、そういうことを口にしたことは」

「それもなかったですね」

左馬助は懐から人相書を取りだした。

「この男に見覚えは」

鉢右衛門は、人相書をはじめて見るような顔でのぞきこんだ。

しばらく見つめ続けてから、首を振った。

「見たことあるような気もしますが、少なくともこの町の者ではないですねえ」

「見たことがあるとしたら、どこでだ」

「わかりません。いや、実際、見たかどうかもはっきりしませんから。どこかですれちがっただけかもしれませんし。三十くらいですよね、この人。このくらいの歳の男は、江戸にはいくらでもいますしねえ」

それからしばらく言葉をかわした左馬助は、礼をいって鉢右衛門の家を辞した。

道に出て、歩を進めながら考えた。

なぜ源八は殺されたのか。

「幸蔵さんがうらみを買うような人物とはとても思えません」

鉢右衛門は心からそういっていた。

「すごくやさしかったし、女房衆にも人気がありましてね、あたしが嫁を世話してやるんだ、という人も多かったですよ」

誰かと喧嘩したようなことは一度もなかったし、なにかいざこざを抱えていた様子も見えなかったという。

「ええ、手前には、あんな明るくていい人がなぜ無残な殺され方をしたのか、さっぱり見当がつきません」

やはり、と左馬助は思った。ここはあの男に会わなければならない。

幸い、あの男がどこの手習師匠か鉢右衛門は知っていた。名が十兵衛ではなく、重兵衛であることも鉢右衛門から教えられた。

その前に、源八に仕事を譲ったという元色草子売りの隠居である政吉に会った。

隠居というから五十はすぎていると思ったが、政吉はまだ四十そこそこだった。

もっとも、武家でも四十前に隠居する者などいくらでもいる。それから残りの人生を趣味三昧《ざんまい》で暮らすのだ。

左馬助は、幸蔵と同郷の者であることだけを告げ、質問をはじめた。

「政吉さん、幸蔵とはどういう形で知り合った」

「三年前、行商で下総に向かおうとして両国橋《りょうごくばし》近くでえらい腹痛に襲われましてね。そのとき声をかけてくれたのが幸蔵さんだったんです。印籠から薬をだしてくれて。そのとき幸蔵さんはまだ旅姿をしてました」

「なにゆえ商売を譲った。はやっていたんだろうに」

「そのとき、幸蔵さんが俺もその商売をやれるかな、ときいてきたんです。本当にやる気なら譲ってもいいよ、と手前は申しました。いや、こう見えても色草子売りは二十年以上もやったんです。旅三昧の暮らしにも正直、もう飽き飽きしてましてね。長いこと諸国をめぐり歩いてきたせいか、足のほうにもがたがきたというか。誰かに譲れるものなら譲りたい、とかねがね思っていたんです。貯えも十分にできましたし。やめるにやめられなかったのは、品物を待っているお客さんを見捨てることができなかったからです」

「では幸蔵があらわれたのは、渡りに船だったのか」

「そういうことです」

政吉の家を出て、左馬助は重兵衛が住む白金村にやってきた。

ここまでの道中、別して背後には注意を傾けていたが、おとといの目は感じなかった。

手習所の入口に『白金堂』と大書された扁額がかかっている。

訪いを入れたが、返事はない。ひっそりとして、まるで空き家だ。子供の姿もない。

どこへ行ったのかな、と内心で首をひねってから左馬助は近くの家に向かった。

近くといってもさすがに村で、最も近所は南へ半町ほど行った鍛冶屋だった。

声をかけ、手をとめて外に出てきた筋骨のがっしりとした男に、重兵衛がどこにいるか知らぬか、きいた。

鍛冶屋は怪訝そうに左馬助を見た。

「失礼ですが、お侍は」

左馬助は名乗り、主家名も明かした。

「重兵衛さんにどんなご用です」

「ちょっとききたいことがあるのだ」

そうなんですか。鍛冶屋は下を向いた。

「ちょっと信じられないことなんですが」

そう前置きをして、重兵衛の身に降りかかったことを語った。

「本当か」

さすがに左馬助は目をみはった。

「ええ、引っ立てられたのはまちがいありません。あっしには、あの人がそんなことをやるようにはとても思えないんですが」

「当たり前じゃない」

なかから赤子を抱いた若い女房が出てきた。怒った顔をしている。

「重兵衛さんが子供のかどわかしなんかするわけないじゃない」

「俺だってそう思ってるさ。でも、麻布でかどわかされた三人の子供が本照院に隠されていたっていうじゃないか。重兵衛さんはあの破れ寺でつかまったんだろ。下手人じゃなかったら、なんであの寺にいたんだ」

「そりゃ、なにか理由があったに決まってるじゃないの。重兵衛さんはそんなことする人じゃないんだから。そういう人かどうか、あんただってわかってるでしょうに」

「ああ、わかってるよ。おまえが産気づいたときだってあんなに一所懸命……」

左馬助は割りこんだ。

「すまぬが、そのかどわかしの話を詳しくきかせてもらえぬか」

鍛冶屋は、そこに左馬助がいることを思いだしたように顔を向けた。

「ああ、これはみっともないところをお見せしました。詳しいことはあっしもよく知らないんですが」

そう前置きした鍛冶屋の話を、左馬助は一言も口をはさむことなくきき終えた。

「妙な話だな」

左馬助はつぶやいた。

「その本照院とかいう寺にあの男がいたというのも不思議だし、町奉行所はなにゆえかどわかされた子供がその寺にいると知ったのだろう。誰かの通報かな」

「さあ、どうなんでしょう」

左馬助は鍛冶屋を見つめた。

「おぬしたちが口をそろえていうのなら、あの男はまちがいなく無実だろう。俺もまだ一度しか会っておらぬが、子供をかどわかしてどうこうしようとする愚かな男には見えなかった」

どうして重兵衛がそんなことに巻きこまれたのか。もしや、今回の源八殺しに関係があるのだろうか。

二十三

左馬助は、本照院へ足を進めている。

本来ならかどわかされた子供にじかに話をききたかったが、残念ながら、鍛冶屋夫婦はどこの誰がかどわかされたのか知らなかった。

かなりの破れ寺とのことだが、どういう寺かとりあえず見ておくつもりでいる。なぜ子供をかどわかした下手人が、その寺を舞台に選んだのか。

夫婦によれば、本照院は女犯で住持がとらえられてから無住とのことで、ときに幽霊話も出るような、人もなかなか近づかない寺らしいが、それだけの理由で選ばれたのか。

「しかし、あの男、行き倒れも同然だったところを拾われたのか……」

実際には、行き倒れていたことを宗太夫という手習師匠は誰にも話さずにいたらしいが、噂はすぐに村中を駆けめぐったという。

重兵衛を家に一緒にかつぎこんだ百姓もいたらしいから、おそらくそのあたりから漏れたのだろう。

左馬助は夫婦に、重兵衛の出身をきいたが、どこの出かは村の誰も知らないという。

「ああ、そうそう、そういえば一人だけ、あの言葉づかいは信州《しんしゅう》のものじゃないかっていう人がいました」

鍛冶屋の女房がいった。

「でも、それだって決して確信があるわけではなかったみたいですけど」

なんといっても左馬助が驚かされたのは、つい先日、重兵衛が世話になっていたその宗太夫という手習師匠が殺されたことだ。

「お師匠さんの親友の石橋さまというご浪人と一緒に殺されていたそうです」

二人が殺されているのを木挽町の二郎兵衛の家で見つけたのが、ほかならぬ重兵衛だったという。

なるほどこれか、と左馬助は思い、二人の殺され方をたずねた。

「確か、二人とも背中を一突きっていう話でしたけど」

女房の答えをききながら、やはりな、と感じた。あの同心がいった、同じ手口だな、という言葉はこれを指していたのだ。

「石橋というのは浪人といったな。手習師匠も元は侍か」

「だと思いますよ。骨柄からして、以前はどこかのご家中、という感じはしましたから」

となると、この二人が源八、万吉の助太刀をしたのか。

「重兵衛さんは、どうやらその下手人を追っていたんじゃないかと思えるんですよ」

鍛冶屋が確信なげにいった。

「手習所を休みにしたのも、そういうことなんじゃないかとあっしは思ってるんですが」

「手習師匠への恩返しか」

「ええ、それ以外考えられません。いつも、宗太夫さんへの感謝の言葉を口にしていましたから」

それにまちがいありませんよ、と女房が口を添えた。

「恩返しに一所懸命になっていた人が、子供のかどわかしだなんて……」

こりゃ、本当に助けださんことには話はきけぬな。

左馬助は足を急がせた。

朝はやくから取り調べは行われるのだろう、と思っていたが、粗末な朝飯を与えられただけで、その後は誰も呼びに来ない。

重兵衛は壁に背中を預けて、目を閉じているしかなかった。

「おまえさん、なにをしたんだ」

いきなり隣のじいさんにきかれた。

「いや、なにも」

「ここに来たのははじめてかい」

「ええ」

「最初はみんなそういうんだよ。自分はなにもやってないってな」

じいさんは重兵衛をじっと見た。

「それにしてもいい男だな。なにより愁《うれ》いを帯びてるところがいい。おまえさん、おなごどもに騒がれてならんだろう。おなごという生き物は、陰のある男に惹かれるからな」

じいさんはにやりと笑った。

「ここに来たのはおなご絡みか」

「とんでもない。おやじさんはなにを」

「わしか。わしは盗人よ」

じいさんは無念そうに首を揺り動かした。

「盗人っていったって、もう二十年以上も前に足を洗ったんだ。手先の器用さを活《い》かして飾り職人てえ、まっとうな職にもついてよ。それが昔の仲間がつかまって、どうやら冥土《めいど》の道連れとばかりにわしの名まで吐きやがったみたいなんだ」

苦い顔をさらにゆがめた。

「しかし、結局は盗人なんてやったわしが悪いんだけどよ」

重兵衛はどういう言葉をかければいいかわからなかった。軽い仕置ですむことを祈るしかない。

「おまえさんはなにをやったんだ」

「いえ、本当になにも」

「じゃあ、なにをやったことになってつかまったんだ」

きいてもらいたい気持ちが湧き、口にしかけたが、重兵衛はやめた。濡衣をかけられたこと自体恥ずべきことで、そんなことをきいてもらおうとするのは甘えでしかない。

「お呼びみたいだぜ」

じいさんが顎をしゃくったほうを見ると、牢番《ろうばん》が手招きしていた。

重兵衛は牢外にだされた。うしろ手に縛られたままの腕が、ひどく痛みはじめている。

連れていかれたのは、大番屋のなかのせまい一室で、勝蔵と田左衛門が顔を並べていた。

「大丈夫ですか」

いたましげな瞳をした田左衛門がいう。

「手荒な真似はされていませんか」

「そういうのは別に」

「手前どももできる限りのことはさせてもらいますよ」

勝蔵が真摯《しんし》にいう。

「なんといってもこういう類の場所は、こちらのほうがものをいいますからね」

指で金を意味する形をつくった。

「しかし……」

「遠慮する必要はありませんよ。うちの村の大事な師匠です、無実が晴れるまででき得る限りの世話をするのも、村役人のつとめです」

「その通りです。どうせ宗太夫さんの金だろう、と思われるかもしれませんし、まあ実際にその通りですけれど、それだけの理由ではむろんありませんよ」

田左衛門が力説する。

「重兵衛さんがあんな馬鹿な真似をするはずがないことは村の誰もが知っていますから」

なんでもほしいものがあったら牢番にいってください、すぐに都合をつけますから、と告げて二人は、刻限だ、と呼びに来た小者と一緒に外へ出ていった。

代わってあらわれたのは、竹内という同心だった。

「さて、さっそくはじめるぞ」

竹内は重兵衛の正面に座り、ぎろりと見据えた。ここが穿鑿所《せんさくじょ》であることを、重兵衛は知った。

「なぜあんなことをした。子供をかどわかしてどうするつもりだった」

「手前はなにもしておりません」

重兵衛はきっぱりといい、どうして鶴吉をあの寺まで連れていったか説明した。

「筋は通っているようにきこえるな」

「つくり話などではありません。すべて本当です」

「いい草をきいていると、まるで罠《わな》にかけられたようにきこえる」

罠か、と重兵衛は思った。確かにその通りだ。

「安之助と名乗った男を見つけてください。そうすれば、なぜあの男が手前を罠にはめるような真似をしたか、わかるはずです」

「いわれなくてもやっている。惣三郎が特に熱心にな。やつはああ見えても鼻はきく。本当にその安之助という男がいたら、連れてくるだろう」

竹内は鼻の頭を一つかいた。

「しかし、おまえさん、罠にかけられるような心当たりはあるのか」

「いえ、それは……」

重兵衛は首を振るしかなった。

「江戸には来たばかりらしいな。新しくできた知り合いに、もううらみを買ったなんてことはいくらなんでもないだろ。正直、そこまでの深いつき合いはないよな」

うなずくしかない。

「だとしたら、罠なんてこともあり得ないのではないのか。安之助という男は、はじめからいなかったんじゃないのか」

「そんなことはありません」

「その男だが、顔を見たことがあったのか」

「いえ」

「なぜ見も知らぬ男がおまえさんを罠にかける必要がある」

「わかりません」

「おまえさん、鶴吉は亀吉の弟と教えられたといったな。亀吉の母親のお咲がつい十日前に所帯を持ったとも。亀吉からはそんな話をきかされてなかったそうだが、それもおかしな話じゃねえか。手習子が無二といえる師匠にそんな大事なことを話さぬなんて。亀吉が話さなかったのに、そんな見も知らぬ男の話を信用したのか」

「あの男が血相を変えていたんで。それに、麻布で実際に子供の行方知れずが起きていることも教えられてもいましたから」

「しぶといな。つかまったときをあらかじめ考えていたようにいう」

竹内は顔を近づけた。

「十四日はなにをしていた」

考えるまでもなかった。

「一日中、書見をしていました」

「ほう、書見をな。おまえさん、やり残したことがあるって子供たちにいったそうだな。村の者はみんな、殺された師匠の仇討と解釈したようだが、そうなのか」

「その通りです」

「それなのに書見か」

「あの日は雨が降っていましたし……」

「午前中は曇ってはいたが、雨はなかったぜ」

「正直申せば、どこを当たればいいかわからなかったものですから」

「来客は」

「いえ、一人も」

「じゃあ、一日中書見をしていたということを明らかにしてくれる者はいないというわけか」

「そういうことになります」

「かどわかされた三人は、十四日の午前中に姿が見えなくなったんだよ。まだ雨の降っていなかったときにな」

竹内が瞬きのない目で見据える。

「おめえさんのやり残したことっていうのはよ、子供をかどわかして売り飛ばすことじゃあなかったのか」

「まさか」

「おい、こら、いつまでもしらばっくれてんじゃねえぞ」

荒い言葉をぶつけ、竹内は大きく息を吐きだした。

「おもしろいことをきかせてやろう。これをきいたら、なにもやってないなんて、とぼけることはできんぞ」

覚悟しておけよ、といって竹内はかたく腕組みをした。

「重兵衛さん、これからこの子たちをどうするんだい」

「………」

「そうか、売り飛ばすのか。子供をほしい人はいくらでもいるから、確かに儲《もう》かるものな。しかし重兵衛さん」

「………」

「あんたもあこぎだよな。表じゃあ手習師匠、裏じゃあこんなこと。しかも世話になった師匠、殺されたばっかりだそうじゃないか」

男は低い声で笑った。

「本当は、師匠を殺したのもあんたなんじゃないのか。食いつめて故郷を出てきたあんただ、手習師匠の座がほしくてならなかったんじゃないのか」

同心がにらみつけてきた。

「これでも罠だというのか」

重兵衛はさすがに愕然とした。

竹内が興味深げにのぞきこんでいる。

「まさか、きかれていたとは思わなかった顔だな」

重兵衛は見返した。

「誰がきいたといったのです」

「誰がきいていたんです、といわないところが用心深いな」

竹内はにやりと笑った。

「想像はつくだろうが。おまえさん、子供と見て、油断したんだ」

「子供がいったのですか」

「ああ、いたいけな子供がな。かどわかされた子供が、きいてもいないことをわざわざいうわけないだろう」

どういうことだ、と重兵衛は思った。そういう話を子供はまちがいなくきかされたということなのだろう。全部で四人の子供のうちで、こんな話ができるのは、あの六歳くらいの女の子しかおそらくいない。

「その子に会わせてもらえませんか」

「そんなことができると思うか。仮に許しが出ても、会うはずもなかろう。会えたとしても、おびえて話にならんさ」

竹内は、鋭い目をさらに鋭くしてにらみつけてきた。

「さあ、すべて吐いてもらおうか。金目当てに子供をさらったというのはわかった。行き倒れていたんじゃや、一文無しは明らかだからな。それにしても、なにを物差にあの子たちを選んだ。自分の好みか。一緒にいた男は何者だ」

二十四

左馬助は、本照院の境内に立ち、荒れ果てた本堂を見つめた。

予期していた以上の荒れ方だ。村に来て日が浅いあの男が、こんな村はずれの廃寺を知っていたというのがまずおかしい。

本堂に歩み寄った左馬助は階段をあがり、格子からなかをのぞきこんだ。

誰もおらず、本尊も見事にない。

階段をおり、左手の庫裏《くり》と思える建物に目を向けた。こちらも壁は崩れかけ、屋根の隙間から草が生えて、幽霊話があながち大袈裟ではない雰囲気が漂っている。

この寺の住職は、祈禱《きとう》を名目に日夜庫裏に女を引き入れては怪しげな宴《うたげ》を繰り返していたという。何度か寺社奉行から忠告らしきものを受けたらしいが、無視し続けたのが仇となったようだ。四年前の夏、祈禱と称する宴をひらいていたとき、寺社方に踏みこまれ、御用になったという。

その住職は死罪はまぬがれたものの、遠島になる前に牢死したという。一時、村では自害したのでは、という噂がめぐったらしいが、確かなことはわからない。死骸は村の者が引き取り、この寺の墓地に埋めた。その墓地は庫裏の裏手に広がっている。

破れ寺とはいえ、墓地はさほどすさんでいる様子はなく、それなりに村の者の手が入っている様子だ。

下手人とこの寺に結びつきはないのかもしれぬな、と左馬助は思った。あの男が住む村にある破れ寺だから、選ばれた。単にそういうことではないか。

はっとした。そういうふうに考えると、つまり、あの男は罠にかけられたということになるのか。

この一件は、もしや、行き倒れていたという重兵衛自身に関することなのか。

源八の死骸を見た直後、重兵衛が向けてきた眼差しを左馬助は思いだした。追いつめられた獣のようなぎらつきを見せた瞳に、正直、気圧《けお》されている。

やつがあんな瞳を持つに至ったのは、この行き倒れに関係があるのか。おそらくやつにも主家があったはずだが、もしや人を斬って国を出てきたのだろうか。影を背負っているような感じは、このあたりからきているのか。

きびすを返した左馬助は山門を出ようとして歩をとめた。

階段の下に男が立っている。黒羽織を着た同心だ。

見覚えがある。確か、源八の家に真っ先にあらわれた同心だ。うしろに中間らしい若い男が控えている。

左馬助が階段をおりてゆくと、向こうも二歩ばかり足を進ませた。

道のちょうどまんなかで向き合う形になった。

「なぜここに」

左馬助はきいた。

「それは俺の言葉だ」

同心は目を細めて左馬助を見た。

「重兵衛という男にいろいろと話をききたいのだが、あの男、あんたらにつかまっちまったからな、それでなんとか無実を晴らせないものかと思って、ここまで来たんだ」

「重兵衛になにをきく」

「殺された手習師匠と浪人の話だ」

「どうしてそのような真似をする」

別に町方同心に隠し立てする必要もあるまい、と左馬助はすらすらと語った。

「ほう、あの二人が助太刀をしておぬしの父上から万吉を奪い返したのか……」

内心はわからないが、同心の顔は平静なままだ。

「肝心の万吉は見つかっておらぬのだな」

「ああ、まだだ。ちょうどいい。あんたなら顔が広いだろう。ちょっと見てくれぬか」

左馬助は懐から人相書をだした。

「これが万吉か」

受け取った同心はじっと目を落とした。

「どうだ、見覚えはないか」

「残念ながら」

人相書を懐に戻して、左馬助は問うた。

「あんたはなぜここに」

「ああ、重兵衛を罠にはめた男がなぜこの寺を選んだのか、もう一度見ておこうと思ってな」

「あんたもあの男が罠にはめられたと思っているのか」

「つき合いなんてものはまだないが、そんな悪さをしでかす男か、見抜ける目くらい持っておる。だとしたら、はめられた。それしかない」

「はめられた理由は」

「それはこれからだ。手習所に関することか、あるいはやつが行き倒れていたことに関しているか」

「手習所に関しているか……やつがあの家を継ぐことを邪魔に思う者がいるかもしれんわけか」

　同心は肯定もせず、黙っている。

「あんた、重兵衛から話をきいたのか」

　左馬助はたずねた。

「ああ、詳しくな」

「やつがどういう経緯でつかまったのか、教えてくれぬか」

　同心は思案顔をした。

「いいじゃないか。俺は他言はせぬ」

同心はうしろの中間に目を向けた。

「かまわんのではないですか」

中間が遠慮気味にいう。

「重兵衛さんを助けたいという気持ちは、旦那と一緒のようですし」

その通りだな、と同心はうなずいた。

「よし、話してやろう。しかし本当に他言するなよ。俺が探索上の秘密を漏らしたなどと竹内に知られたら、いったいどうなるか」

竹内、と左馬助は首を傾げたが、源八の家で事情をきかれたあの同心か、と思いだした。

唇に一つ湿りをくれてから、同心は語りはじめた。

「昨日、重兵衛から大番屋できいたのはこんなところだな」

話し終えて、同心は額に浮かぶ汗をそっとぬぐった。

「鍵を握っているのは、その安之助という男だな」

左馬助がいうと、同心はその通りだ、と首を縦に動かした。

「安之助をとらえれば、どういうことかまちがいなく知れる。ただし、どうせ偽名だろうが」

「その安之助を捜しているのか。人捜しをもっぱらにする腕利きを知っているが、雇ってみるか」

「俺の生業を知っていってているのか。頼めるものか」

「そんなことをいっている場合ではないような気がするが……」

左馬助は軽く咳払いをした。

「この寺で重兵衛をとらえたとのことだが、町方がなにゆえ出張った」

「通報があったのさ」

「誰の」

「知らん。文を門番に渡したのは御高祖頭巾《おこそずきん》をかぶった女だったらしいが」

「女もいるのか。その女の身許も割れてはいないということだな」

「そういうことだ」

「あんた、さっき手習所絡みかもしれぬみたいなことをいったが、そっちの調べはどうなのだ」

「あいつに手習師匠になられていやなのは、近くの町の手習師匠だろう。最近は手習所も数が多くて、競《せ》りが激しいときくし」

「まさか、手習子の獲得を狙って重兵衛を罠にはめたと」

「いや。そうしたからって、白金堂の子供たちが自分のところに来るとは限らん。村の子供たちは町の手習所に行く気はまったくないみたいだし。それに、手習所絡みだとすると、石橋二郎兵衛までもが殺された理由がわからん。明らかに宗太夫と石橋は一そろいとして殺された」

一つ息を吐いた同心が見つめてきた。

「おぬしの父親を手にかけたなかで、生き残っているのは万吉だけだな」

「万吉の仕業ではないか、と考えているのか。殺しの手口を思いだしてくれ。大百姓のせがれにすぎぬ万吉に、あれだけの腕があるはずがない。あるのなら、父にとらえられることもなかった」

「では殺し屋かな」

「おそらく」

「おぬしは万吉の依頼だと考えているのか」

そういうことだ、と左馬助はうなずいた。

「やつらは三年前、父を殺したその足で江戸に出てきた。江戸での知り合いはその四人だけだ。お互い秘密を持つ者同士、つなぎを密に取り合っていたのは、さすがにこの巨大な町で一人一人ばらばらに暮らすのは心許ないものがあったゆえだろう。だが、俺が国許から出てきたことを父親から知らされた万吉は凄腕の殺し屋を雇い、自分の顔を知る者たちを次々に殺させた。そうすれば、俺がたどりつくことはない、と踏んで」

左馬助は言葉を切り、すぐに続けた。

「実際のところ、俺が国を出たことを知る人は一人しかおらぬのだが、万吉の父親は要人に食いこんでいるからな。そのあたりから知らせがいったのだろう」

同心がごくりと唾を飲んだ。

「さっきの人相書をもう一度見せろ」

左馬助が手渡すと、同心は食い入るように見た。ぴしと指で人相書を弾く。

「これでこの男は逃がさん。町ですれちがっても見逃すことはない」

「頼もしいな」

うしろで中間が首をいぶかしげにひねっている。

「どうした」

気になって声をかけた。

「いえ、こんなことを申してよろしいものかどうか」

「善吉、いうな」

振り向いた同心がかたく命じた。

「はい、わかりました」

中間は口を閉じたが、どういうことか左馬助にはわかった。力が抜ける。

「あんた、覚えが悪いんだな」

「そんなことあるものか。まかしておけ。この男の顔は忘れん」

「まあ、よろしく頼む」

人相書をしまい入れた左馬助は、あらためて同心を見つめた。

「凄腕の殺し屋に心当たりはないか。これまでにああいう殺され方をした者はおらぬのか」

「俺に心当たりはない。奉行所の古強者《ふるつわもの》にも話をきいたが、あれだけの殺し方に覚えはないそうだ」

「すると、殺し屋として仕事をはじめてそんなに日がたってないということなのかな」

「かもしれんが、ただ一人だけ、同じ殺し方を見た同心がいる。ただし江戸ではない」

「どこだ」

「五、六年の前のことなんだが、まだ見習にもあがっていなかったその若い同僚が隠居の祖父とともに伊豆《いず》の湯治宿に逗留していた際、その湯治場で背中から心の臓を一突き、という殺しを見たというんだ。手練の同心だった祖父は、その傷口を一目見て、凄腕の殺し屋の仕業だな、といったそうだ」

「となると、江戸ではなく、地方を主な仕事場にしているのかもしれぬな」

「その前に、同一人なのかという疑いは残るが、まあ考えられんことではないな」

左馬助は空を見あげた。

刻限は正午を四半刻ほどすぎたあたりか。雲が出て、陽射しは弱まりつつあるが、それでも暑いことは暑い。

空腹に気づいた。朝餉のあとなにも腹に入れていない。水さえ飲んでいない。

「かどわかされた子供に話をききたいんだが、住みかを教えてくれぬか」

腹が悲鳴をあげつつあるのを無理に押さえこんで、きいた。

「無理だ」

同心はそっけなくいった。

「そうか。まあ、そうだろうな」

「自力で見つけろ。できんことはないはずだ」

同心はふっと笑いを漏らした。

「それとも、人捜しをもっぱらにする者に頼むか」

二十五

左馬助はもう一度、白金村の鍛冶屋のところへ行き、子供のかどわかしの一件を知っている者に心当たりがないか、たずねた。

「わかりませんねえ」

鍛冶屋はすまなそうな顔をつくったが、奥から出てきた女房が、お役に立てるかどうかわかりませんけど、といった。

「重兵衛さんがつかまる前、麻布で子供のかどわかしがあったことを教えてくれた人がいるんです」

その人に話をきけば、なにかわかるかもしれない、と女房はいうのだ。

「すまんが、水を一杯くれんか。喉が渇いて死にそうだ」

かたじけない。水と話の礼をいって左馬助が教えられた道を行くと、やがて五間ばかりの間を置いて並んで建つ、三軒の百姓家が見えてきた。

左馬助はまんなかの百姓家の前に立ち、訪いを入れたが、無人だった。この刻限では田畑に出ているのだ。子供たちも手習が休みということで、手伝いをしているのだろう。

鍬を肩にかつぎ、馬をひいて通りかかった百姓に所在をきいた。

「ああ、おやえさんならあそこですよ」

百姓が指さす一町ほど先に、数名の百姓が田んぼに出ている。

「あれがおやえさんの一家です」

そこまで行って左馬助が声をかけると、やや肥えた女房が畦《あぜ》にあがってきた。かぶっていた手拭いを取りながら、少しいぶかしそうにしている。

名乗った左馬助が用件を告げると、もともとは気のいい女らしく、大きくうなずいた。

「そんなに詳しくは知らないんですけど、私の姉さんが嫁いでる近所で、新太《しんた》って子がいなくなっちまったんですよ」

「その姉さんはどこに住んでいる」

「でも、どうしてお侍はそんなことを」

左馬助は、重兵衛の無実を自分が晴らすつもりでいることを、少し大仰にいった。

「そうなんですか。村の者はみんな、重兵衛さんのこと、心配してるんですよ。せっかく、あとを引き継いでくれることになったのに、あんなことになっちまって。きっとなにかのまちがいですよ。お上《かみ》もいったいどこに目ぇ、つけているのやら」

田んぼにおりている三人の子供を手のひらで指し示した。

「三人とも白金堂に通っているんです。今は田植えが間近なんで、休みなのは助かってはいるんですが、でも子供たちははやく行きたくてならないみたいで。お侍、どうかお願いいたします」

夫らしい男も女房の横に来て、同じように深く腰を折った。

「ああ、姉の住んでいるところでしたね」

おやえは、握り締めていた手拭いを腰の帯にねじ入れた。

「私がご案内しますよ。ねえ、あんた、いいでしょう。姉さんの家はちょっとわかりにくいし」

「もちろんだ。重兵衛さんを救ってくれるお侍を道に迷わしちゃあ、申しわけが立たねえ」

左馬助は、遠慮がちに先導するおやえのたくましい背中を前に見ながら歩を運んだ。

「でも、なんでお上は重兵衛さんをつかまえたんでしょう」

早足で歩いているせいもあるのか、一杯に汗を噴きださせた顔を振り向かせて、おやえがいった。

「だって、重兵衛さんに神隠しが起きていることを教えたのは私なんですよ。ちょっと用があって姉のうちに行った帰りに重兵衛さんと道でばったり会って話をしたんですけど、そのときの重兵衛さん、すごく驚いてました。あの顔に嘘はありませんよ。すぐ手習所の子供たちが気になったみたいで、みんなに注意するようにいっておかねば、とつぶやいてたくらいですから」

道は、麻布一本松町に入った。

この町名の由来は、一本松坂《いっぽんまつざか》と暗闇坂《くらやみざか》という二つの坂が重なる場所に一本松と呼ばれる松の大木があることからきていることを、左馬助はきいたことがある。平安の昔、清和源《せいわげん》氏《じ》の祖である源経基《みなもとのつねもと》がこの道を通りかかったとき、松に烏帽子《えぼし》をかけて休んだとも伝えられている。

麻布一本松町の表長屋に住むおやえの姉はおひでといい、妹同様、やや肥えていた。妹から事情をきいたおひでは、ほとんどくびれのない首をうなずかせた。

「あの日は、同じ町内の子が行方知れずになったんで、大騒ぎになりましたよ」

おやえに顔を向ける。

「でも、本当に下手人は手習所のお師匠さんじゃないの」

「馬鹿いわないでよ、姉さん。重兵衛さんがそんなことをするわけないでしょ。この鳴瀬さまだって、重兵衛さんの無実を信じて動いていなさるんだから」

「じゃあ、いったい誰が新太ちゃんをかどわかしたのよ」

「知らないわよ、そんなこと。きっと鳴瀬さまがつかまえてくださるわよ。ねえ、鳴瀬さま」

媚を売るような笑みを見せられて、左馬助はどういう顔をすればいいか、少し困った。

「その新太という子は無事に帰ってきたのだな。どこに住んでいる」

「この南の裏店《うらだな》ですけど、新太ちゃんに話をきくおつもりですか」

「ああ。下手人を見ているのではないか、と思えるからな」

「そうかもしれませんけど、話をきけるかどうか」

「どうしてだ」

「新太ちゃん、まだ三歳なんですよ。体が大きいから四歳ほどに見えるんですけど。それに、三歳といっても師走《しわす》の生まれですから」

元日を迎えたとき、人は一つ歳をとる。つまり新太は満年齢でいえば、まだ一歳半くらいということか。

「それでもかまわん。紹介の労をとってくれんか」

了解したおひでは、仕事が忙しいんだからさっさと帰ったほうがいいわよ、と妹にいって、左馬助を裏の長屋に連れていった。

七つの店が向き合う、江戸のどこにでもある裏店で、右側の五番目の店の前に立ったおひでは障子戸を軽く叩いた。

「おまさちゃん、いる。新太ちゃんに会いたいっておっしゃるお侍がいらっしゃってるんだけど」

すぐに応えがあり、幼さを感じさせる女房が障子戸をひらいた。

眉は剃っておらず、黒目がはっきりしている。豊かな髪も濡れたように黒々としている。

左馬助は会釈し、来意を真摯に語った。

「新太ならそこにいますけど」

眉をひそめたおまさは半身になり、奥を振り返った。四畳半一間きりの店には男の子がいて、なにかつぶやきながらお手玉をもてあそんでいる。

「でも、なにも覚えてないみたいなんですけど。お役人に話をきかれたときも、どんな人にかどわかされたか、なにもいえなかったですから」

「おびえてではないのか」

「ちがいます。どうやら木陰に座っていたところを、うしろから近づいてきた人にさらわれたみたいなんで」

おまさは、どういう状況で新太がいなくなったかを話した。

「四つ上の兄ちゃんに、あの日は子守をまかせていて」

裏の創賢寺の境内で長屋の子供たちは遊んでいたのだが、遊びに夢中になってしまった七歳の兄が、ふと思いだして目をやったとき、大きな石に腰かけていたはずの弟がいなくなっていたという。

一応、新太とじかに話をさせてもらったが、やはり無駄でしかなかった。

「おまささん、この界隈であと二人の子供がかどわかされたんだよな。その子供のことを知らんか」

「名前は知らないんですけど」

「住んでいるところだけでも助かる」

おまさはおひでに顔を向けた。

「ねえ、おひでさん。竜土町《りゅうどちょう》のほうで男の子が、ってきかなかった」

「そういえば、そうねえ。きいたような気がするわ」

「竜土町って、麻布竜土町か」

「ええ、そうです」

おまさが答えた。

「そうだ。考えてみたら、あたしに子供がかどわかされたことを教えてくれた人がすぐそばにいたわ」

おひでが思いだしたようにいい、左馬助は半町ほど先の八百屋に連れていかれた。八百屋といってもどうやら行商が主のようで、店先にはわずかばかりの青物が置かれているだけだ。

おひでは、店の前にだした縁台に所在なげに座っている女房に声をかけ、久治郎《ひさじろう》さんいる、ときいた。

「まだ行商から帰ってないのよ。どこでなにしてるんだか、あの馬鹿」

女房は前掛けを形ばかりに払って、立ちあがった。

「そう、帰ってないの。ねえ、おくらさん、竜土町のほうで子供がかどわかされたの覚えてる」

「うちの馬鹿亭主がいってたやつでしょ。覚えてるわよ。あとは三軒家町《さんげんやちょう》と南日ヶ窪町《みなみひがくぼちょう》だったわね、確か」

「みんな、新太と同じような歳の頃か」

三歩ほど進み出て左馬助がきいたら、おくらと呼ばれた女はびっくりしたように見た。

あわてておひでが紹介する。

「そうですか、その手習師匠の無実を晴らそうとしているんですか。それはまた立派な心がけですねえ。ああ、三人の歳でしたね」

おくらは手のひらを打ち合わせた。

「いいえ、一人だけ女の子がいて、その子は六歳じゃなかったかしら」

「その子はどの町に」

「竜土町です。亭主ならどこに住んでるか、詳しくいえるんでしょうけど、あの馬鹿、鉄砲玉で、一度出てくとなかなか戻らなくて」

「いや、町がわかっただけでも助かる。おくらさん、ありがとう」

「いえ、お礼なんて。あ、そうだ。南日ケ窪町に住む男の子が最後にかどわかされて、白金村の破れ寺で見つかった、という話なんですけど。ちょうど竜土町に行く途中ですから、寄ってみたらいかがです」

「そうか。最後の男の子がな。わかった。そうしよう」

「道はおわかりですか」

「わかると思う。このあたりはこれでもけっこう詳しいんだ。おひでさんも、手数をかけた。すまなかったな」

「いいんですよ、そんなこと。困ったときはお互いさま。江戸に住む者として、それを忘れたら恥ずかしいじゃないですか」

二十六

麻布南日ヶ窪町に向かいつつ、目に入った一膳飯屋でおそい昼食をとった。

焼き魚とわかめの味噌汁、たくあんをおかずに丼飯を二杯食べ、もう一杯頼むかと思ったが、やめておいた。茶を喫すると、人心地ついた。

代を置いて、再び歩きはじめた。

南日ヶ窪町に着き、かどわかされた子供のことを目についた住人にきいてまわった。さほどときをかけることなく、その子供の住む長屋は見つかった。

下手人を見つけるために動いているという理由はここではどうかという気がして、御用の筋で調べている、と左馬助は、戸口から顔をのぞかせた母親にいった。

その言葉はさすがに威力があり、母親は畏《おそ》れ入《い》ったように奥から子供を連れてきた。

男の子は鶴吉といい、まだ三歳で、名をきかれれば答えられる程度でしかなかった。にこにことずいぶん愛想がいい子で、これなら知らない者でも声をかけられたらあっけなくついてゆきそうな気がした。

鶴吉には家の中に引き取ってもらい、お民という母親に、いなくなったときの様子を語ってもらった。

「あれは」

そういって女房は話しはじめた。

前日の朝のことだった。行商にやってきた魚屋から鯵《あじ》を三尾買い、さばいてもらっている最中、ふとうしろを風が吹いた気がして目をやったら、そこにいるはずの鶴吉がいなくなっていたという。あわてて捜したが、神隠しに遭ったように消えてしまったとのことだ。

「見つかったというつなぎがあったのは」

「昨夜です。五つ前だったと思います」

「鶴吉は、下手人についてなにかいってなかったか」

「ずいぶんやさしい人だったようです。あの子、なついてたみたいです」

お民は困ったように笑った。

「そんなんだから、簡単にさらわれちゃうんですよね」

どうやら重兵衛のことらしいな、と左馬助は思った。

「ほかの男について、鶴吉はいってなかったか」

「ほかの男って、一人じゃないんですか」

「これまで調べてきて、どうやら女も含めて何人かいるのがわかっている」

「ええっ、そうなんですか。じゃあ、まだそのあたりに人さらいがうろうろしているかもしれないんですか」

「かもしれぬ。用心したほうがいい」

左馬助はじっとお民を見つめた。

「そうでしたね……いえ、なにもいってませんでした」

「そうか。そうだろうな」

礼をいって左馬助は長屋をあとにした。やはり麻布竜土町に住む六歳の女の子しか話をきける子供はいないようだ。

竜土町に到着した。目の前に、長州毛利《ちょうしゅうもうり》家の下屋敷の黒塀が長く続いている。

南日ヶ窪町より簡単に女の子が住む長屋は見つかった。

訪いを入れると、そのくらいの歳の頃と思える女の子が出てきた。

「おまきちゃんかい」

「はい、そうです」

かどわかされたばかりなのに、警戒感が薄いように感じた。

それにしても、ずいぶんとはきはきとした話し方をする娘だ。こんな娘がかどわかされたなど、少し不思議に思えた。

「あの、どなたさまでしょうか」

娘の横に母親が出てきた。歳は三十前後だろうが、ややしわ深く、老けて見えた。

左馬助は名乗り、来意を告げた。

「はあ、御用のお方ですか。それはご苦労さまです。ああ、それと娘を取り戻していただき、本当にありがとうございました」

女房は、左馬助が恐縮せざるを得ないほど深く頭を下げた。

「いや、俺はなにもしておらぬ。礼をいう必要などない」

親子が住んでいるのは四畳半が一間きりの裏店だ。部屋の隅で、父親らしい男が床に伏せていた。

顔をあげてこちらを見ているが、顔色はどす黒く、夜具から出ている腕は枯れ木のようにやせ細っていて、死がすぐ間近まで迫っているのは一目見て知れた。

「ちょっとすまぬが、出てくれるか」

寝ている父親をはばかって、左馬助は母娘に路地に出てもらった。

母親が静かに障子戸を閉める。

二人とも、どこかおびえたような目をしていることに左馬助は気づいた。

「すまぬ。本当は御用の筋の者などではないのだ」

寝たきりの父親の看病を必死にしている者に嘘はつきたくなく、無実の罪を着せられてうになっている者を救いたくてここまでやってきたことを正直に話した。

母親は目をみはっている。娘も同様だ。

「それで、娘さんにかどわかされたときの事情をききたくてこちらまでまいった」

左馬助は腰を折り、おまきの顔をのぞきこんだ。

「どうだ、話してくれぬか」

「えっ、でも……話すことなんか……」

はきはきとした口調はどこかへ飛んでいってしまい、おまきはしどろもどろだ。

「あの、鳴瀬さま。娘はなにも覚えてないんですよ。どうか、勘弁してやってください」

「気持ちはわかるが、無実の者を牢に入れとくわけにはいかぬのだ。もしかすると獄門台行きになるかもしれん。頼む、話してくれ」

「でも、あの人は無実なんかじゃありませんよ」

母親は、おまきが耳にしたという、重兵衛ともう一人の男とのやり取りを話した。

「ですから、その重兵衛さんが、この娘をかどわかしたのはまちがいないんです」

さすがに衝撃を受けたが、左馬助はすぐに立ち直った。

「おまきちゃん、本当にそのやり取りをきいたのか」

おまきはびくりと見あげた。

「は、はい」

左馬助は腕組みをした。

「声をきいたのはその男だけで、重兵衛の声はきいておらぬのだな」

「はい」

どうやら下手人は、と思った。このやり取りをきかせるためにおまきをかどわかしたようだ。やはりやつは罠にかけられたのだ、と左馬助はあらためて感じた。

「その重兵衛と話していた男について、なにか覚えておらぬか。それまできいたことのある声だったか」

「いえ、はじめてきいた声です」

おまきはか細い声で答えた。

「いくつくらいに思えた」

「あれは……三十くらいだったんじゃないかと……」

「しわがれていたか、それとも澄んでいたか」

「どちらかというと、しわがれていたように思いましたけど……」

「そこまではっきりと覚えてるわけないじゃありませんか」

母親がかばうようにいう。

それはおかしい。男と重兵衛のやり取りをまさに刻みこむように頭にとどめているのに、声すら覚えていないなど。

「それでは」

左馬助はわざと声を高くして、いった。

「どういうふうにかどわかされたか、話してくれるかい。これは覚えているだろう」

おまきはごくりと唾を飲んだ。話しだすかと思ったが、躊躇している。

「どうした」

「おまき」

真剣な目をした母親が、ほんのかすかに顎を横に揺らした。

「大丈夫よ。おっかさん。話せるわ」

おまきは深くうなずき、左馬助を見た。

「あれはおといの朝でした。朝餉の手伝いをしていて、塩が切れていることに気づいた私は、ちょうど塩売りの声をきいたんです。外に出て、塩売りのおじさんを追いかけていってしばらく走ったとき、横合いの路地から急に声をかけられたんです」

おまきは言葉を切り、意味が通じているかを問うように母親を見つめた。母親がうなずくと、再び口をひらいた。

「それで立ちどまり、誰だろうと思って路地に入っていったんです。結局誰もいなくて、道へ戻ったとき、いきなり横から人影がぶつかってきたんです。息がつまり、私は気を失ってしまいました。それからのことは覚えていません」

おまきはほっと息をつき、それからつけ加えた。

「次に目が覚めたときにはどこかの寺にいて、目隠しに猿ぐつわをされていました。手足にはかたく縄が。そのあと、近くで二人の男の人が話しているのをきいたんです」

左馬助は顎のあたりをなでた。ひげが伸びていて、ざらっとした感触がある。

「その、路地から声をかけられたときだが、名を呼ばれたのか」

「はっきりとはわかりません。でも、呼ばれたような気がしました」

「横からぶつかってきた人影だが、顔は見たか」

「わかったのは、男の人だったということだけです」

「そのとき、その道には誰か人はいなかったか。誰か知り合いが近くにいて、見ていた者はいなかったか」

「いえ、そういう人はいませんでした」

ほかにきくべきことはないか左馬助は捜したが、思い浮かばなかった。

「すまなかったな。話は終わりだ。ありがとう」

左馬助は障子戸に目を向けた。

「もうだいぶ長いのか」

ささやくようにいった。

「ええ、もう一年半ほどに……」

母親も小声で答えた。

「そうか。俺にも同じ経験がある。俺の場合は母親だったが」

「ああ、そうなんですか」

「必死に看病したが、かなわなかった。ああ、これはすまぬことを申した」

「いえ、別によろしいんですよ」

女房の顔からこわばりが消えつつある。むしろ、左馬助に向ける瞳には、同じ境遇を経験した者だけがわかり合える色が浮かんでいる。

「どこが悪いのだ」

「卒中です。一年半前の冬でした。行商に出かける直前、土間でいきなり倒れまして。いびきをかいてずっと眠ったままでしたが、四日目に目を覚ましました。これでよくなるのだなとほっといたしましたが、体が思い通りにならず、あの通り寝たきりに……」

「たたき納豆の行商をしておりましてね。それまでは風邪一つひかない丈夫な人だったんです。それなのに、急にあんなことになってしまって。今は肝の臓もひどく悪いみたいで」

「そうか」

不意に感情がふくれあがったようで、女房は両手で顔をおおった。

「邪魔をした」

頭を下げてから左馬助は路地を歩きはじめた。木戸を出たところで、振り返る。

抱き合うようにして泣いている母娘の姿が目に飛びこんできた。

息を一つつき、上屋敷に戻るにはどう行けばいいか、道筋を考えた。

すぐに決まり、左馬助は歩を進ませはじめた。道は丹波山家一万石の谷家の上屋敷に沿って、北西に走っている。

心のなかに、あの母娘に対してほんのかすかだが疑惑が根ざしはじめている。

もし俺の考えが合っているとして……。

なぜ母娘はそんなことをしたのか。

理由は一つ、金でしかない。医師への払いや薬代がかさんだのだろう。

問いつめようと思えばできたが、そこまでせざるを得なかった二人に哀れみが湧いてならず、左馬助はきびすを返したのだ。

母娘の弱みを突いた者こそ許せない、その思いで一杯だった。

辻番所のある角を右に折れ、道が麻布今井町《いまいちょう》に入った頃には、日が暮れてきた。

さらに歩き進んでいるうち、あたりからは一気に人影が消え、左馬助は夜の底を一人で歩いているような気分になった。

左手に町屋が長く連なる赤坂新町を五丁目、四丁目と抜け、ひたすら足を運び続けた。

腹が減り、喉も渇いている。どこかで腹ごしらえをしないと、もちそうになかった。

赤坂新町の三丁目に入ったところで、店先に酒肴《しゅこう》と記された行灯が明々とともされている煮売り酒屋が目に入り、左馬助は縄暖簾を払った。

いらっしゃいませ。ごま塩頭の元気のいい店主が一人で切り盛りしているらしい小ぢんまりとした店で、さほど混んではいない。

土間で草履を脱ぎ、八間と呼ばれるつるし行灯の下の畳に腰をおろした。

飯と煮しめ、味噌汁を注文したが、さっきの母娘の姿が脳裏に戻ってきて、どうにもならないやりきれなさが頭をもたげてきた。

今なら酒を飲めるかもしれんな。

注文するか、と考えたが、どうせ苦さだけが口に残りそうだった。

すぐに店主が注文した品を持ってきた。

かきこむようにして飯を食っていると、大工らしい若い男が入ってきて、左馬助のうしろに腰をおろした。

「それ、うまいですか」

左馬助の肩越しに煮しめを指さす。

「ああ、すごくな」

「そうですか。親父さん、俺にも煮しめと飯をくんな。ああ、飯は大盛りで頼むよ」

満腹になり、左馬助は人心地がついた。すっかり冷めた茶をゆっくりと喫した。

茶のおかわりをもらってすすっていると、うしろの若い客があっという間に食べ終わり、さあ仕事仕事といいながら、代をすませて店を出ていった。

相変わらず江戸者は驚くほど飯がはやい。なにをそんなに急ぐのかと思うが、このあたりは生まれついての性分なのだろう。

湯飲みを傾け、茶を干した。もう一杯もらうか、と考えたとき、店をのぞきこんでくる目を感じた。

湯飲みを置き、さりげなく顔を動かして、どこから見ているのかを探る。

右手のあいている腰高障子からだ。

　またか、と思ったが、この眼差しはこれまで二度感じたものとは明らかにちがう。誰か別の者が闇の向こうからじっと見ている。目から感じ取れるのは粘るような憎しみだ。

　隣を片づけに来た店主に酒を頼んだ。

　店主はちろりと杯を一つ、すぐに持ってきた。ちろりを受け取ると、左馬助は店主に勧めた。赤ら顔の店主は、こりゃどうもすみませんね、と左馬助が差しだした杯で受けた。

　十分に腹がこなれたことがわかってから、左馬助は立ちあがり、代をすませた。

　ありがとうございました。店主の声を背に暖簾を払う際、さりげなく鯉口を切って、道の両側に目を向けた。

　いまだに、さして遠くない暗闇から何者かが目を光らせている。

　道には肩を組んで歩く数名の酔っ払いや、居残り仕事でもしていたらしい職人が家路を急ぐ姿が散見できるのみだ。

　左馬助は肩を一つ揺り動かすと、油断することなく道を歩きはじめた。

　赤坂新町三丁目は町屋が飛び地のようになっており、一町ほどのあいだ道の両側は家禄の低い旗本や御家人の屋敷のみになる。

　人けのまったくないその道に足を踏み入れて半町ほど進んだとき、べったりと貼りついていた目がきれいに消えた。

ほっと息をつきかけた途端、人の気配が背後に立ちのぼった。

わざと気配をさとらせたように感じて振り向くと、深く頭巾をかぶった男が三間ばかりをへだてて立っていた。

長脇差を腰に差し、両腕を組んでいる。頭巾のなかから二つの冷ややかな光がこちらを凝視していた。

「あの親子にこれ以上かかわるな」

地を這うような低い声だったが、耳にもぐりこむようにはっきりときこえた。

「かかわればどうする」

「あの親子を殺す」

「できるのかな」

「なに」

頭巾の口のところがゆがんだ。

「きさまがほしいのは重兵衛の命だろう。そのために、わざわざまわりくどい罠にかけてまで牢に送りこんだ。あの親子を殺せるだけの肝があるのなら、はなから重兵衛を殺したほうがはやいと思うのだがな」

「試してみるか」

左馬助は首を振った。

「やめておこう。それぐらいやれるだけの覚悟はある目だ。だが、いっておくぞ。俺が筋書を見抜けたくらいだ、奉行所だって同じだろう。いずれ重兵衛は放免だな。きさまらの働きは無駄に終わったということだ」

左馬助は挑発するようにいったが、頭巾のなかの瞳に動揺はない。矢を射る鋭さで左馬助を見据えている。

左馬助は動じることなく見つめ返した。

「きさま、安之助か。いや、安之助を演じた男か」

河上という同心は、三十二、三に見えた、という重兵衛の言葉を教えてくれたが、この男はもっといっているように思える。身ごなしはいかにも軽くやわらかそうだが、五十近いのではないか。

「ちがうようだな」

男は口を閉ざしたままだ。

「なぜ重兵衛を狙う」

答えない。

「やはり、国許でのことを引きずっているのか。やつは国でなにをした」

「…………」

「放免になったやつをまた罠にかけるのか」

「今度は殺す」

不意に口を動かし、男はきっぱりと告げた。

「殺れるのか。刀こそ帯びておらぬが、やつの腕は相当のものだぞ」

「殺れるさ。命は、狙う者のほうに利がある」

自信たっぷりにいい放った。

左馬助は男を見直した。

「前にも殺っている口ぶりだな」

「どうだかな」

かすかな笑みが目許に刻まれたように見えた。その瞬間を見逃さず、左馬助は躍りかかった。

しかし男は網をすり抜ける小魚のように巧みに体を動かして、左馬助の腕を逃れた。

「無駄なことを」

左馬助が身をひるがえしたときには、嘲《あざけ》るような声だけを残して男は闇に消えていた。

「何者だ……」

左馬助は声にだしてつぶやいた。

二十七

留置場の入口のほうで淡い光を放つ行灯以外、近くにはなんの明かりもない大番屋のなかはひっそりとしている。

ときは、暮れ六つをわずかにすぎたあたりではないだろうか。

人の声はほとんどきこえず、耳に届くのは遠慮がちないびきだけだ。

そうして眠れる者はまだいいほうで、老若男女を問わずつめこまれた者のほとんどは、天井をなんとはなしに見あげているか、ただ目を閉じているだけのはずだ。

重兵衛も同様に、まぶたで視野をふさいでいる。

うしろ手にされた縛めは七つ半の夕食のときはずされただけで、今も重兵衛から自由を奪ったままだ。相変わらず横にはなれない。

しかしどうしてこんなことになったのか。

重兵衛ははっとした。こういうふうに考えたのは、今回がはじめてではないことに気づいた。

あれは、縁側で『農隙余談』を読んでいたときだ。どうして国を、家人を捨てる羽目になったのかを考えたときだ。

とすると、この一件は国許と同じ者が仕掛けてきたのか。

あり得ぬ、と重兵衛は心中で首を振った。自分が白金村にいることを知る者が家中にいるとはとても思えない。

確かに木挽町へは三度行った。あの町の四丁目には主家の上屋敷があり、国許から出てきている者も多い。そのとき見られ、つけられたのか。

考えられなくはないが、もしつけられたとしたら、白金村までの半刻ほどの道中、背後の気配に気づかないはずがない。

それに、木挽町界隈では別して人目には気をつけてきた。あの町では見られていない自信がある。

とにかく、と重兵衛は思った。自分を邪魔に思っている者がこの江戸にはいるのだ。

その者はなんとかして、自分をこの世から除こうとしている。かどわかした子供を、子のない夫婦に売りつけようとしてつかまった者の話は、重兵衛も何度か耳にしたことがある。いずれも獄門になっている。

それにしても、もしこれが国許のことを引きずっているとしてなにが癇《かん》に障ったのか。

仮に、あの富くじ興行を行った商家が自分を除こうという気持ちでいるとして、どうやって居場所を突きとめたのか。そして、なぜわざわざ遠く離れた江戸で、こんな手のこんだことをするのか。

殺したほうがよほど手っ取りばやいと思うのだが、そうはできない理由でもあるのだろうか。

腕を怖れているのか。

かもしれない。なにしろ、家中では右に出る者はないといわれたほどの腕前だ。

素質では互角といわれた市之進《いちのしん》でさえ対抗できなかった。

市之進のことを思いだしたら、悲しいような、せつないような、地団太《じだんだ》を踏みたいような、複雑な気持ちになった。

重兵衛は薄暗闇のなか、ゆっくりとまぶたをひらいた。手のひらに目を落とそうとしたが、縛られていることに否応なしに気づく。

まさか、この手で親友を殺すことになろうとは。今でも信じられずにいる。いや、信じたくないだけのことだろう。

またあの瞳を思いだした。色が抜け、急速に力をなくしていったあの瞳。

同じ組屋敷内で育った男だが、幼い頃は好ましいとは思っていなかった。いや、むしろきらっていた。

いつも冷静で、自分を見くだすような目をしているように感じていたのだ。

ただ、家塾の師匠にいわれて大喧嘩をしたあとは、兄弟以上に仲よくなれた。

お互いに心を割って話せるようになってから重兵衛は、幼い頃どういう目で自分を見ていたのか、ただしたことがある。

「おぬしを見くだしたことは一度もない」

市之進は断言した。ただ、といかにも楽しげな口調で続けた。

「考えるより先に体が動いてしまうやつだなあ、とは思っていた。考えなしというか、思いが先走るというか、とにかくそそっかしくて危なっかしいやつだとは思っていたよ」

病を得て隠居した父の跡を継ぐずっと前から、市之進のこの言葉を重兵衛は肝に銘じてきた。

その甲斐あってか、どんな行動を起こすときでも、どういう結果を生むか慎重に考えてから動きだす習慣が、木が根を張るように自然に身についていた。

しかし、それは勘ちがいでしかなった。本当に身になっていたら、市之進を殺すようなことにはならず、なにも考えずにあの場を逃げだしてしまうこともなかっただろう。

横で、盗人のじいさんがいびきをかいている。

風の通りがまったくない留置場のなかは人いきれもあって蒸し暑く、重兵衛は汗がじっとりと背中や額をぬらすのを感じた。

汗で思いだした。あれは、十一歳の夏のことだった。真夏の一時期を除けばさほど暑くはない信州だが、その年は、こんな夏は覚えがない、と年寄りが嘆くほどの暑さに見舞われ、七月末になっても盛夏のような毎日が続いた。

あまりの暑さに家塾の親しい仲間五名で、頂上近くに残雪をへばりつかせている山へのぼる相談がまとまった。あの雪を持ち帰ったらみんな、大喜びだぞ。

むろん家人にさえ漏らさない五人だけの秘密で、家塾が休みの日、朝はやくから猛烈な陽射しを放つ太陽の下、五名は計画を実行に移した。

そこまではよかったのだが、山の気まぐれな天気は急変し、黒雲が頭上をおおうや一気の土砂降りに襲われた五人は雨を避けようと近くの洞窟に避難した。

たったそれだけのことだったが、空から雲が取り払われ、真夏の太陽が顔をだしたとき、五人はもとの道がどこを走っていたのかわからなくなってしまっていた。

一人が自信たっぷりに、こっちだ、まちがいない、といったのがさらに五人を山中深くに引き寄せることになった。

道に迷ったのはこの友人のせいばかりではなかったが、誰かのせいにしたかった重兵衛たちはその友人を責めた。

一人市之進だけがその友人をかばい、ここはとにかく里に出ることが先決だといって、みんなを冷静にさせた。

くだろうとする仲間たちを言葉を励まして上にのぼらせ、自分たちが今いる場所を確かめ、そして決して沢に出ることはせず、ひたすら稜線に沿っておりていった。

市之進の判断は正しく、人里を目にしたときの喜びを重兵衛は今も忘れない。

あのとき、もし市之進が一緒でなかったらおそらく生きてはいなかったのでは、とすら思える。

だが、その後この手で殺すことになるのなら、あのとき死んでしまったほうがよかったのではないか。

しかし、重兵衛は濡衣を着せられたまま自分が死ぬなど考えもしなかった。

そう、やはりこのままでは死ねない。死ぬのはいつでもできる。

それに、きっと追手がかかっているはずなのだ。

誰が選ばれたのだろうか。家中の者で、重兵衛の手練を知らぬ者はいない。

ああそうだ、と重兵衛は思いだした。市之進には弟がいた。名は輔之進《すけのしん》、歳は十七。

すばらしい遣い手ときいていた。道場が異なっていたこともあって、立ち合ったことはないが、伝わってくる評判はすばらしいものがあった。

なにしろ、輔之進が通う北橋道場では師範ですら敵しないといわれているほどだ。

あの道場の師範の腕はだいたいわかっているが、もし重兵衛が立ち合ったとして、一方的な勝負にはまずならない。せいぜい、三本やって二本取るのが精一杯だろう。

松山《まつやま》輔之進。まさに、剣のために生まれてきたような男だ。

その輔之進が兄の仇を討つために、すでに江戸に向かっているはずだ。

いや、もうとっくに到着して、重兵衛を捜しはじめているかもしれない。

二十八

あくる朝、たっぷりと睡眠をとって疲れを取り払った左馬助は朝餉をとった。

薄い味噌汁をすすりながら、あんな脅しに屈するわけにはいかぬ、とあらためて思った。

上屋敷を出て、精気に満ちた足取りで道を進みはじめた。

半刻もかからず、麻布竜土町に到着した。

昨日以上に広く感じられる毛利屋敷を右手に見つつ、おまきの長屋へ続く道を入る。誰か自分を見ている者がいないか、背後をさりげなく確かめた。

長屋の木戸をくぐろうとして、左馬助は足をとめた。おまきの店の前に、二十名近い人だかりができている。

悪寒が背筋を走り抜けた。

まさかあの男が一家を。

足をはやめて近づき、左馬助は一番うしろにいる者に、どうした、なにがあった、と声をかけた。

同じ長屋に住んでいるらしい男は、首だけを振り返らせた。

「岩吉《いわきち》さん、亡くなっちまったんですよ。とうとうこの夜明けに……」

わずかに瞳を潤ませている。涙をぬぐって男は左馬助に向き直った。

「お侍はどなたです」

「ああ、この一家とはちょっとした知り合いなのだ。おまきちゃんと女房はどうしている。無事か」

「もちろんです。二人にはなにもありませんよ。ああ、お侍はご存じなんですか、おまきちゃんがかどわかされたこと」

左馬助はうなずいた。

「でも岩吉さんが死んじまって、おまきちゃん、また元気、なくなっちまうんだろうなあ」

「ちょっとなかを見せてくれぬか」

左馬助は人垣をかきわけるようにしてあけ放された入口に近づき、長屋内をのぞきこんだ。

まんなかに敷かれた夜具の盛りあがりが見えた。顔のところに、白布がかぶされている。

おまきが夜具に取りすがって嗚咽《おえつ》し、女房はかたわらでただ呆然としている。

その横に座って、二人を慰める風情の男は家主だろう。

事情をききにくくなったな。

こういう場面を目の当たりにして、強引に話をきけるだけの厚顔さは持ち合わせていない。仕事ならそれでもやるだろうが、今回の件は誰に命じられたわけでもない。

いや、仕事でもどうだろうか……。

このあたりが、目付に向いていないと自分でも思うところだ。

だからといって立ち去るわけにもいかず、腕組みをしたまま左馬助は敷居際にただ立っていた。

高い背と広い肩に視野をさえぎられた女房たちが、このお侍は何者だい、見たことのないお人だね、とささやき合った。

その声がきこえたのか、女房が泣きはらした顔をつと入口に向けた。左馬助を見つけ、はっとした表情になる。

どうしようかという逡巡が見えたが、裾を直して立ちあがり、左馬助に近づいてきた。左馬助に気づいたおまきも、どうするのかという目で母親を見ている。

おきちさん気の毒だったね、大丈夫かい、元気だしておくれね。長屋の女房たちが首を伸ばすようにして次々に声をかける。

おきちと呼ばれた女房はていねいに頭を下げた。

「これまでいろいろお世話になり、本当に感謝しています。ありがとうございました」

「いいんだよ、そんなこと」

「同じ長屋の者として当たり前じゃないか」

おきちは左馬助を見あげた。

「どうぞ、お入りください」

それからおきちは長屋の者たちに、しばらく自分たちだけにさせてください、といった。

「せっかく心配して集まってくださっているのに、すみません。でも、とても大事な話があるものですから」

女房たちやほかの者たちは、大事な話かい、それじゃ仕方ないね、といい合ってそれぞれの店に戻ってゆく。

「ああ、拓ノ助《たくのすけ》さんは残ってください」

おきちと呼ばれた女房は、部屋を出てゆこうとする家主を呼びとめた。

「いいのかね」

「はい、是非一緒に話をきいてもらいたいものですから」

左馬助は夜具の右側に腰をおろした家主の隣に座り、仏に向かって手を合わせた。

おきちとおまきは反対側に膝をそろえた。

「鳴瀬さま、こちらは大家の拓ノ助さんです」

おきちに紹介されて、家主は頭を下げた。その神経質そうにぴくぴく動く眉を見つつ、
左馬助は名乗り返した。

「すべてお話しします」

おきちが決意をあらわにいった。

「もう黙ってる理由はなくなっちまいましたから。もっとも、鳴瀬さまにはもう見当がつ
いているとは思いますが」

「おっかさん」

おまきが、本当にいいの、という目で見る。

「いいんだよ。お父さんがこうなっちゃったのも、きっと私があんなこと引き受けたからなのよ。あんたにもつらいこと、させたわね。ごめんなさいね」

おきちは涙を浮かべて、娘に謝った。

「そんな、つらいことなんてなにも……」

左馬助は、母娘のそんなやり取りをいたましい思いで見守った。

涙を拭いて、おきちが顔をあげた。

「この子がかどわかされたというのは、申しわけございません、狂言です」

「なんだって。おきちさん、本当かい」

叫ぶようにいって拓ノ助が腰を浮かせた。

「どうしてそんなことを」

「申しわけありません。お金がどうしても必要だったものですから。力を貸せばこれまでたまっている薬代を払ってもなお余るだけの金をやる、といわれまして……」

「いわれたって誰に」

「まあ、大家さん、怒鳴らずともいいではないか」

左馬助は制した。

「いろいろあるのだ」

拓ノ助は不満そうだったが、口を閉じるやどすんと尻を落とした。

「そのお金でいい医者を捜そうとしていた矢先、こういうふうになってしまって……」

おきちは目の前の仏を見て、また涙をあふれさせた。

「おきちさん、誰にどこで頼まれた」

左馬助があらためてきくと、おきちは嗚咽しつつもすっと顔をあげた。

「声をかけられたのは、不動院門前《ふどういんもんぜん》にある伊勢吉屋《いせよしや》という薬屋の前です。薬を売ってもおうとして、断られたところでした。つけがたまってしまっているものですから、それも仕方ありませんけれど……」

不動院なら、道場のある麻布坂江町から近いので左馬助も知っている。麻布六軒町《ろっけんちょう》にある寺で、確か御府内八十八ヶ所の第六番目の札所だ。

「声をかけてきたのは三十すぎの男の人で、はじめて見る人でした」

「どんな人相だった。体つきは」

左馬助がたずねると、おきちは涙でつっかえつっかえだったがなんとか述べ終えた。

目は細く、眉は薄い。肌は浅黒く、頬はくぼんだように肉がない。太い腕、幅のある肩を持つたくましい男。

おそらく、と左馬助は思った。重兵衛に安之助と名乗った男だろう。

「もう一度会えばわかるかい」

「はい、それはもう」

横から家主が口をだした。

「薬の払いにも困ってたんなら、わしに相談してくれたらよかったんだ。かどわかし狂言なんぞ、まったく大それたことをしでかしてくれたものだ」

「申しわけございません」

おきちは手をつき、こうべを垂れた。

「これで、わしもお上からきついお叱りだ。とんだとばっちりだよ」

「そんなにぼやかずともよかろう。命まで取られるわけじゃなし」

左馬助は拓ノ助をなだめ、おきちさん、と呼びかけた。

「今の話を役人にしてくれるか。それで、重兵衛は解き放ちになる」

「もちろんです」

おきちは深々と頭を下げた。

「本当に申しわけございませんでした」

おまきも母親にならった。

「ちょっとおきちさん」

拓ノ助は目を三角にしている。

「あんたらの狂言のせいで、そのじゅうべえさんという人がつかまったのかい」

「はい」

「そりゃいかんぞ。岩吉さんを救いたかった気持ちはわからんでもないが、無実の人が罪におとしいれられそうになったなんて」

「大家さん、そのあたりは大目に見てもらえぬか」

「駄目です」

きっぱりと首を振った。

「罪は罪です。そのあたりはきっちりと始末をつけてもらわないと」

こりゃずいぶんと堅物の家主だな、と左馬助は思った。

拓ノ助が勢いよく立ちあがる。

「おきちさん、ここで待っていてくださいよ」

「どこへ」

左馬助はきいた。

「お役人を呼んでくるのですよ」

当然という顔で返してきた。

「すぐ戻ってまいりますので」

拓ノ助は部屋を出ていこうとしたが、足をとめて振り返り、逃げるんじゃないよといわんばかりのきつい瞳を母娘に向けた。

おきちが力なくうなずくと、拓ノ助は安心したように路地へ出ていった。

左馬助たちのあいだには沈黙だけが残された。

おまきがこれからどうなるのか、不安でならない顔をしている。今にも泣きだしそうだ。

「大丈夫だ。案ずるな」

左馬助は明るく笑って胸を叩いた。

「俺にまかせておけ。悪いようにはせぬ」

おまきの顔の暗い影は取り払われない。

「大丈夫だ。そんな顔をするな。俺を信じろ」

四半刻ほどで同心がやってきた。

あの河上という同心だったらいいな、と思っていたが、その望みはかなえられず、左馬助のはじめて見る五十すぎの男だった。

瀬戸口《せとぐち》と名乗ったその同心はおきちとおまきから話をきくや、中間に命じて、二人を自身番に連れてゆくよう命じた。

左馬助は、二人が引っ立てられるようにして歩いてゆくのを、長屋の者たちとともに見送った。

「いったいどういうことなんです」

最初に左馬助と言葉をかわした男が、語気荒くきく。拓ノ助は、面倒はごめんとばかりにさっさと姿を消していた。

「大丈夫だ。すぐにあの二人は戻ってくる」

左馬助は請け合った。

「そういわれますけど、ああいうふうに引っ立てられて、戻ってきた人なんざ、そうはいませんよ」

「大丈夫だ。それよりも、岩吉を一人にしといちゃかわいそうだ。よろしく頼むぞ」

「ああ、そうだった」


上屋敷に戻った左馬助は、江戸家老の今井将監に面会した。

「同じ屋敷内にいるのになかなか会わんものだな。来着のとき以来か」

柔和な目を細めて、将監が笑いかける。体はやや肥えはじめているが、若いときは家中でも指折りの遣い手として鳴らしたことを、左馬助はきいている。

「どうだ、探索のほうは進んでおるのか」

左馬助はこれまでにわかったこと、そして起きたことを話した。

「そうか。源八が殺されたのか」

「申しわけございません。もっとはやくお知らせすべきでした」

「かまわん。知らされたところで、わしにできることはないからな」

まっすぐに左馬助を見つめてきた。

「今日はなんだ。頼みごとか」

察しのよさにほっと息をついた左馬助は一つ依頼をした。

「そういうことか。わかった。まかせておけ」

将監は自信たっぷりにいってくれた。

二十九

十八日の昼すぎ、朝食前に重兵衛は牢番に呼ばれ、また穿鑿所に連れていかれた。

また取り調べか、と暗澹《あんたん》たる思いにとらわれたが、やっておらぬものはやっておらぬのだから、と重兵衛は強い気持ちを心に据えた。

うしろ手に縛られたまま畳に正座をしていると、待たせたな、と竹内が入ってきた。

「そんな構えた顔をせんでもいいぞ。……なんだ、まだだったか」

軽口をいうような口調で重兵衛のうしろにまわった。

不意に手が軽くなった。重兵衛は首をまわして竹内を見た。

「そんな不思議そうにせんでもいい。縛めを取っただけだ」

手にした縄を小さく振る。

「どういうことです」

「無罪放免ということさ」

「本当ですか」

「むろんだ。もう帰っていいぞ」

重兵衛はにわかには信じられなかったが、確かに腕は自由になっている。縛られていたところが赤黒くなっていた。

「でもなにゆえ急に」

「おまえさんを罠にかけようとした者がいることがはっきりした。あの鳴瀬という土井家の侍の働きだ。会ったらよく礼をいっておくんだな」

それにしても、なぜあの侍はそこまでしてくれたのか。

「罠にかけた男は、つかまったのですか」

「まだだ。捜してはいるが」

竹内にうながされて、重兵衛は穿鑿所を出た。

「いや、いろいろと厳しいことをいってすまなかったな。こちらも仕事なんでな、わかってほしい」

出口まで来て、竹内がいった。少しばつの悪そうな顔をしている。

「もちろんです」

「しかし、本当に罠にかけられるような心当たりはないのか」

「さっぱりです」

重兵衛は頭を下げて、外に出た。

雨模様だったが、長いこと暗いところにいた目には、あたりは明るさに満ち満ちているように見えた。

数歩も行かないときだった。横から人影が寄ってきて、傘が差しだされた。

見ると、長太郎だった。

「よかったな、重兵衛さん」

「ありがとう。心配をかけた」

長太郎は傘を傾け、うしろを見た。重兵衛もつられて振り返った。

「ほら、子供たちが来てる。おそのさんも。本当はおそのさんが差しかけたかったみたいだが、嫁入り前の娘さんなんで、さすがにそういうわけにもいかず……こんなむさくるしい男ですまんな」

吉五郎、松之介、お美代を先頭に子供たちが歓声をあげて寄ってきた。あっという間に取り巻かれ、長太郎が叫び声をあげた。

「こら、ちょっとやめねえか。傘が飛んでっちまうじゃねえか」

その様子を、少し離れたところからおそのが笑いながら眺めている。

雨は八つすぎにはあがり、村にはかぐわしさを一杯にたたえた大気があふれんばかりになっている。上空を飛びかう鳥たちも楽しげにさえずり、村を色濃く染めている緑も雲のあいだから射しこむいくつかの光の筋をみずみずしく受けとめている。

やがて見えてきた白金堂から、飲めや歌えやの大騒ぎが風に乗ってきこえてきた。

まずはよかった、と左馬助は思い、ゆっくりと近づいていった。

どうやら教場が宴会場になっているようで、だいぶきこしめしているらしい男たちのがなるような歌声が届く。

入口から訪いを入れたが、誰も出てこない。

左馬助は草履を脱ぎ、お邪魔するよ、といってなかに入った。

すさまじい状況になっていた。村中の者が集まったのでは、と思えるほどの人が酒を飲み、歌い、踊っている。人いきれで教場内には熱気が渦巻いていた。

その熱に当てられて左馬助は、汗がじっとりと肌に浮かびはじめるのを感じた。

年に一度のお祭りのように、稲荷寿司や団子、饅頭《まんじゅう》がところせましと並べられている。

子供たちにはどうやらお汁粉だった。

目ざとく左馬助を見つけた重兵衛が、子供たちにまとわりつかれながら寄ってきた。

「このたびは、お骨折り、ありがとうございました」

肩に乗った子供を落とさないよう、慎重に腰を折っているのがいかにもこの男らしい。

「礼などよい。おぬしから話をききたかったが、それには牢からだささぬと無理だとわかったゆえ、動いただけだ」

「重兵衛さん、飲んでるかい」

村人が大徳利を持って寄ってきた。

「手前は飲めませんので。これを」

子供の持っている椀を指さす。

「なんだ、お汁粉かい。まあいいや。おや、お侍はどなたです。そんなこたあ、この際いいか。一杯いかがです」

手にしている湯飲みを差しだす。

「すまぬな、俺も飲めぬのだ」

「そりゃ残念だなあ」

いいつつ大徳利を肩に乗せて、村人はふらふらとあるいていった。

「こんなところではなんですから」

どうぞ奥に、と重兵衛にいざなわれたが、左馬助は固辞した。

「今日のところは顔を見ただけで引きあげるよ。どうせ宴は夜まで続くんだろ。詳しい話は明日きかせてくれ」

「そうですか。では、明日は手前がうかがいます」

「いや、それもいい。この村の風景、けっこう気に入っているのだ。明日はきっときれいに晴れるだろう。五月晴れのなかで眺める景色はきっとまた趣がちがうだろうからな」

左馬助は重兵衛の見送りを受けて、白金堂を出た。

「ああ、そうだ。おぬし、知ってるかな。この村にはうまい蕎麦屋があるらしいな。西田《にしだ》屋《や》とかいう」

その蕎麦屋のことは、昨日、今井将監からきいたのだ。

「名は知りませんが、名人がいる蕎麦屋があるのはきいています」

「それだな。浅草の店をせがれにまかせてこの村に移ってきた、という話だった」

「それでしたら」

左馬助は、重兵衛に教えられた通りの道を行った。

西田屋は、雷神社裏の林のなかにあった。わざと客を遠ざけているようなかなり見つけにくい場所で、教えてもらわなかったら、多分、たどりつけていない。

評判をきいて食べに来た遊山《ゆさん》の者らしい数名が座敷の窓際にいるくらいで、店はすいていた。

こんな場所に店をつくるくらいだから偏屈な親父かと思っていたが、盛り蕎麦を自ら運んできた店主は、柔和な笑みを持つ男だった。その笑顔はどこか重兵衛に似ていた。

蕎麦切りは評判通りだった。このあたりは水があまりよくないときいているが、そんなことはまったく感じさせない喉越しだ。それに、つゆが実にうまい。

うまかった、と心の底からいって代を払うと、店主はうれしそうに、ありがとうございます、またどうぞ、と深く頭を下げた。

「ところで、親父さんはもとは浅草ときいたが、なにゆえこの村に移ってきたのだ」

「子供の頃、親父に連れてきてもらった際の景色が忘れられず、歳をとったらこの村に住もう、と以前から決めていたんですよ」

「望みをかなえたのか。うらやましいな」

すっかり満腹したが、このまま帰るのももったいない気がして左馬助は村をめぐってみることにした。


少し遊山がすぎたようだ。仕事で江戸に来ていることを忘れた一日だった。

左馬助が白金村を出るときには、七つをだいぶまわっていた。

新堀川にかかる四之橋を渡り、麻布に入る。次々に町を抜け、堀井道場のある麻布坂江町が近づいてきた。

左へ曲がれば道場がある角まで来た。想いが落ち葉のように心に降り積もってきて、顔を見てゆこうかと迷ったが、振りきるように左馬助はまっすぐ歩を進めた。

麻布今井寺町の突き当たりを右に折れてしばらく行ったとき、左馬助は目をみはった。足は自然にとまっている。

下男の作蔵《さくぞう》を連れた奈緒が歩いてきていた。はっと左馬助に気づいて、小走りに駆け寄ってきた。

頬がわずかに紅潮しているように見えるのは、夕日を正面から受けているためか。

「道場に寄られたのですか」

少し息を切らすようにいった。

「いえ、今日は寄っておりませぬ。別の用事でよそへ行っていたものですから。奈緒どのは」

「叔父のご新造《しんぞ》がひどい風邪をひかれたので、お見舞いに。食事もつくって差しあげましたら、こんな刻限になってしまいました」

左馬助の顔を見て、奈緒がくすりと笑った。

「なにか」

「前、ひどい風邪をひかれて稽古に出られたときがございましたね」

「確かに」

あのとき無理をしたのは、道場での席次がどんどんあがり、剣術がおもしろくてならないからだった。

前日の稽古でなにかをつかんだような気がした左馬助は、体の不調を押して稽古に出たのだが、それでうまくゆくほど稽古は甘いものではなく、ふらふらになった左馬助は相手の強烈な突きを受けて、悶絶するように気を失ってしまったのだ。

「奈緒どのの介抱を受けたのは、あれが二度目でしたね」

奈緒はうれしそうに笑った。

「一度目は花見のときですね。最近、お風邪を召してはいらっしゃいませんか」

「最近は丈夫になったのか、ほとんど」

「そうですか」

少し残念そうにいった。

「また介抱して差しあげたいのに……」

左馬助は胸を衝かれた。

「では、これで」

奈緒はていねいに辞儀をして、歩きはじめた。作蔵も一礼して、通りすぎてゆく。

どうにもならないいとおしさがこみあげて、左馬助は動けなかった。

腹に力を入れて、振り向く。

その目を感じたように奈緒が振り返った。

貝の口がぴたりと合わさるように重なり合った二人の瞳は、しばらくからみついたように離れなかった。

そのとき左馬助の心は決まった。

三十

遠ざかってゆく奈緒のうしろ姿を見送って、左馬助は歩きだした。気持ちが決まってしまえば、あとは楽だった。足取りはずいぶん軽い。

幸国寺坂をのぼりきると、毎月二十二日の開帳で知られる妙見大菩薩《みょうけんだいぼさつ》のある陸奥相馬《そうま》家《け》の中屋敷にぶつかる。

そこを右に曲がり、麻布御箪笥町《おたんすちょう》、麻布谷町と抜け、美濃大垣《みのおおがき》十万石の戸田《とだ》家の上屋敷と筑前福岡《ちくぜんふくおか》の大大名黒田《くろだ》家の中屋敷にはさまれた道に出た。

人けは絶え、夜が圧倒的な力をもって江戸の支配に乗りだしている。いつからか闇の濃さを増す厚い雲が上空をおおっており、月の姿も星の瞬きも見えない。夜の到来とともに左馬助を包みこむ大気も重みを増してきているようだ。

左馬助は、背後にかすかな足音をきいた。さして気にもとめなかったが、故意に気配を殺しているような作為を感じ取り、さっと振り向いた。

頭上に白刃が迫っていた。

昨日の男か、と直感したが、抜刀しながらそれではおかしいことに気づいた。

がきん、と刀を鋭く振るって撥ねあげた。猛烈な重さを持つ剣で、腕にしびれが走った。

激しく飛び散った火花が、一瞬、星空のように見えた。

火花を切り裂いて、再び刀が振りおろされる。

左馬助は左に動いてかわし、胴を払った。

相手は予期していたように楽々と避け、袈裟斬りを見舞ってきた。

左馬助は間合をぎりぎりで見切った。鼻先を刀身がかすめてゆく。

考えていた以上の近さで背筋が冷えたが、相手の腕が右側へ伸びた隙をついて大きく踏みだし、刀を上段から打ち落とした。

相手は軽い足さばきでそれをよけた。

いったい何者だ、と左馬助は刀を正眼に構えつつ、見極めようとした。

頭巾を深くかぶっていることがわかっただけで、目の前の刺客の正体まで考えるだけの間は与えられなかった。

八双《はっそう》に構えていた相手は地を蹴るや、氷の上を滑るような滑らかな動きですすと距離をつめ、またも袈裟斬りを放ってきた。

左馬助はこれも見切ろうとしたが、相手はそれを待っていたらしかった。袈裟斬りが一気に肩まで伸び、左馬助の脳裏に体が真っ二つにされる光景が映りこんだ。

左馬助は弾けるようにうしろに下がった。ぴっと音がし、左胸を切っ先がかすっていった。

かすられたところを見たが、着物が二寸ほどの口をあけているだけで、痛みはない。はじめてやり合う真剣の恐怖があったか、竹刀のときのように生き生きと動けていなかったが、体の奥底から湧いてきた猛烈な闘志にあと押しされ、左馬助は一気に突っこんだ。熱くなってがむしゃらにいくというのではなく、気持ちは冷静だった。

袈裟から胴、再び袈裟という連続技を放つ。相手は受けたが、左馬助の気迫に押されたか、徐々にうしろに下がりつつある。

それでもかなりの遣い手で、さらに攻め立てたものの、左馬助の剣は相手に届かなかった。

さすがに疲れを感じ、左馬助は油断なく刀を構えつつひそかに息を入れた。相手にも、かすかだが疲労感があるようだ。

左馬助はにらみ据えながら、気合を含め、目の前の男がこれまで一言も声を発していないことに気づいた。声をだすと、正体が露見するような相手なのか。

その思いを察したのか目の前の男が無言の気合を発し、鷹が獲物をとらえるかのような勢いで躍りかかってきた。

上段から来ると見せかけて、一気に腰が沈み、刀は下段から振りあげられた。

左馬助は下がってよけ、続いて瀑布の勢いで振りおろされる刀を弾き返した。その力を利すように相手は逆袈裟を叩きつけてきた。

左馬助は半身の姿勢で避け、左半身を見せている相手に刀を打ちおろそうとした。

瞬間、この場面に覚えがある、とさとった。あのときは竹刀だった。竹刀は相手の横面を強烈にとらえたのだ。

しかし今度はちがった。逆袈裟に刀を振りおろした勢いそのままに左馬助の脇を駆け抜けていた相手は、すでに右斜めうしろに立っていた。

振り返るいとまもないまま、左馬助は風を切る音をきいた。やられた、と思ったが、体が勝手に動き、首を低く右横へひねらせていた。

闇を突き抜けるように伸びてきた突きは、左の耳たぶをかすめていった。

かすめただけなのに横面を張られたような衝撃があり、体がふらつきかけたが、左馬助はすぐさま立ち直った。

相手は渾身《こんしん》の力をこめた必殺の剣をよけられて、左馬助の姿を見失っていた。

左馬助はがら空きの胴に刀を打ちこんだ。

相手は悲鳴をあげ、刀を放り投げるや地べたに這いつくばった。腹を押さえて、ああ、ああ、と声をだして苦しがっている。

「峰打ちですよ、今泉さん」

汗で目がふさがれて、右手にだらりと下げた刀がやたらに重く感じられた。半鐘のような動悸《どうき》が胸を打っている。

肩で息をしながら汗をぬぐって左馬助は今泉を見おろした。

あれは、堀井道場に入って今泉金吾との二度目の立ち合いだった。

三本勝負の一本目は簡単に取られたが、その次の勝負で左馬助はついに今泉の横面を打ち抜いて、一本取り返したのだ。三本目は激しい攻防を繰り返したのち、体力にまさった今泉の胴が、師範があいだに入る直前に決まった。

痛みが去りつつあるのか、ようやく今泉の口からうめき声がきこえなくなった。

かたわらに落ちている刀を蹴りあげて、左馬助は今泉のそばに寄った。

「なにゆえです」

静かに声をかけた。

「わからんのか」

地面に語りかけるように今泉はいい、頭巾を自らはぎ取った。

「きさまのせいで俺は師範代になれんのだ」

左馬助は黙ってきく姿勢をとった。いつでも刀を振りおろせる備えであることが、今泉に伝わるように目に力をこめる。

今泉は顔をあげ、左馬助を見つめ返した。

「師範代の席がもう半年も空白になっているのも、奈緒どのがいつまでも婿を取らぬのも、きさまのせいだ。師範も奈緒どのも、江戸に帰ってくるのかもわからぬきさまに未練を持っていた。それでも、ときがこのままたってしまえば二人ともあきらめるだろう、と思ったとき、きさまはまたも江戸にあらわれた」

今泉は拳で地面を殴りつけた。

「俺は落胆したよ。師範と奈緒どのの気持ちが、また四年前に返っちまったのがわかったからな。俺はそのとき決意したんだ。きさまをこの世から除くしかない、と」

今泉は疲れきったように吐息を漏らした。

「おい、左馬助。どうする。番所に突きだすか」

「まだなにも考えておりませぬ」

「見逃してくれんか。な、頼む。俺はもう剣を捨てる。今日、おのれの実力のなさを思い知った。不意を衝いたのにこのざまだ。もっとも……」

今泉は自嘲《じちょう》気味の笑いを見せた。

「道場に入って間もないきさまと互角の勝負を演じちまったくらいだからな、もともと素質など知れていたのだが。俺はおまえがうらやましくてならなかったよ。俺が必死に鍛錬してようやくたどりついた場所より一段高いところに、すでに位置していたのだからな」

今泉が道場に入ったばかりの左馬助に目の敵《かたき》のようにつらく当たってきたのは、このあたりに理由があったのだろう。

「な、頼む。見逃してくれ。俺は道場をやめる。二度とおまえの前にもあらわれん」

「剣を捨ててどうするのです」

「さて、どうするかな。今さらどこぞの婿に入るのは無理だな。貧乏御家人の部屋住みの三男坊だ。三十一にもなって声はかかるまい。そうさな、どこぞの村で百姓でもやるか。それとも、やくざの用心棒にでもなるか」

今泉が進む道に関して、自分がどうこういうつもりはない。

「本当に道場はやめるのですね」

ただし、このことだけははっきりさせておかなければならない。

「むろんだ」

「わかりました。信じましょう。では、これでもう二度と今泉さんと会うことはないわけですね」

「そういうことだ」

左馬助は刀をおさめた。

今泉はその瞬間を待っていたらしかった。一気に立ちあがるや、引き抜いた脇差を左馬助の腹に向けて突きだした。

虚を衝かれたのは事実だが、左馬助に油断はなかった。刀の柄で脇差を払いのけ、体をひねりざま刀を抜いて今泉に叩きつける。

今泉は、あっという顔で迫りくる白刃を見ていた。

左馬助に殺すつもりはなかった。そんなことをしたら面倒になる。主家に迷惑をかけるわけにはいかないのだ。

寸前で刃を返した刀は、袈裟斬りから胴へと変化し、今泉の左脇腹に食いこんだ。

左馬助は、肉に押されるような鈍い手ごたえを感じた。

うぐ、というつまったような声を発し、今泉はがくりと片膝をついた。

左馬助は、腹を押さえて地面に横たわり、体をよじって苦しんでいる今泉に向けて、さらに刀を振るおうとした。

二度と剣を持てぬよう、右手の骨を砕いておこうと思ったのだ。命を奪わない代わりに、武門としての容赦なさを見せつける必要があると感じていた。

しかし、そんなことをする必要がどこにあるのか、とすぐに思い直した。むなしさだけが残るのではないか。

左馬助は吐息とともに腕をおろした。

地面の上でようやく動きをとめた今泉は首をあげ、声を放った。

「殺せっ、左馬助。はやく殺れっ」

刀を鞘にしまった左馬助は一瞥をぶつけるや、さっさと歩きだした。

今泉の泣き声がきこえてきた。

三十一

あくる朝はやく、白金村に向かうために上屋敷を出た左馬助に寄ってきた者があった。

あの瀬戸口という奉行所の同心だ。左馬助の前途をさえぎる位置に立ち、しばらくなにもいわず見つめていた。うしろに控える中間も押し黙り、じっと見ている。

不意に瀬戸口が足を進ませ、ささやきかけてきた。

「貴殿、それがしの上役になにを申されたのですかな」

「なにも。おぬしの上役と面識はない」

「そうでしたな」

うなずいた同心はさらに顔を近づけてきた。

「あの母娘、どうやら所払《ところばらい》ですみそうですぞ」

「それはよかった」

左馬助がほっとした顔を見せると、瀬戸口も穏やかな笑みを漏らした。この同心も、穏便な処置がとられることを望んでいたことがその笑いから知れた。

左馬助は江戸家老の今井将監に、おまきとおきちの処遇について、出入りの与力に話をしてくれるよう頼んだのだが、人情家で知られる将監はうまく話をつけてくれたのだ。

「所払にもいろいろあるらしいが」

左馬助は同心にたずねた。

「あの母娘の場合は、どの程度に」

「いや、所払というのは一つしかありませんよ。江戸払や江戸十里四方払と混同されているのではないですかな」

「かもしれん」

「所払というのは、住んでいる町から追い払われるだけのことです。同じ町内にさえ住まなければいいわけでして」

瀬戸口はいたずらっ子のような笑みを見せて、続けた。

「以前、ある老夫婦が所払になったことがあるんです。その老夫婦は町木戸のすぐそばの表長屋に住んでいたんですが、越したところは道をはさんだ隣町の表長屋でした。結局、ほんの五間、動いただけですんだんですよ。あの二人もそういうふうになってくれるといいんですがね」

感じるものがあって、左馬助は目の前の同心を見た。

「そうなるよう、おぬしが手配りしたんじゃないのか」

同心はにこやかに笑った。

「さて、どうでしたかね」

瀬戸口とはこれで別れたが、二人についてはあの同心がきっとうまく計らってくれるだろう、と安心した。

途中、やはりこのままではすまされまいな、と麻布坂江町に行った。

道場に訪いを入れようとして、横合いから声をかけられた。この前稽古をつけた若い門人で、確か滝川という名だったはずだ。

「鳴瀬さん、おききになられたんですか」

滝川は深刻そうな顔をしている。

「なにを」

「今泉さんが自害されたんです」

「いつだ」

「昨夜のことのようです。師範は今泉さんのお屋敷に行かれました」

そうか、と左馬助はいい、どうするか考えた。新蔵は当分戻るまい。日をあらためて事情を説明しに来るのが最良に思えた。

「また来る。そう師範に伝えてくれ」

四半刻ほどで白金堂に着いた。若い娘がていねいに入口を掃いている。

「こんにちは。重兵衛どのに会いたいのだが」

声をかけると、娘は驚いたように顔をあげた。かなりの器量よしで、くっきりとした黒目が日の光を浴びて輝いている。

「はい、少々お待ちください」

娘はあわてて教場のなかへ入ってゆく。沓脱ぎのところで足を引っかけ、転びそうになった。

なんともそそっかしい娘だな、と左馬助はおかしかった。

教場の拭き掃除でもしていたらしく、重兵衛は少し汗をかいていた。

「あの、重兵衛さん、今日はこれで失礼します」

　重兵衛と一緒に外に出てきた娘はぺこりと挨拶し、左馬助にも頭を下げてから道を早足で歩き去った。

「すまなかったな。二人きりのところを邪魔をして」

「いや、そんな」

「照れぬでもいいさ。それにしても、今の娘はおぬしに惚れているな。おぬしを見る目が輝いておる」

　左馬助が冷やかすようにいうと、重兵衛は深く頭を下げた。

「昨日はどうもありがとうございました」

「軽口につき合う気はないか。でも、礼はもういい。昨日さんざんきいた」

　左馬助は軽く首をひねった。

「しかし、おぬし、ずいぶん慕われているのだな。子供たちはみんな、目をはらしていた。だいぶ泣かれたみたいだな」

「それが手前にもよくわからぬのです。いったいなにゆえなのか」

　左馬助はふっと笑いを漏らした。

「俺には、子供たちの気持ちがよくわかるよ。おぬしはとにかく笑顔がよいのだ。その笑顔を見たくて、どうにかして力になりたくてならなくなってしまう」

重兵衛は、左馬助を教場の裏に当たる座敷へ導いた。

台所に立ち、手ばやく茶をいれる。お盆の上に湯飲みを二つ載せ、座敷へ入った。

一つを左馬助の前に置いて、重兵衛は向かいに正座をした。

もらうぞ、といって左馬助が湯飲みを手にした。少し驚いたような目をする。

「おぬしがいれたのか。濃さも熱さも俺の好みだ。まるで俺の舌を知っているみたいだな」

「亡き師匠の教えですよ。おかげで包丁もだいぶ達者になりました」

「じゃあ、味噌汁とかもつくっているのか」

「味噌汁は大の得意ですよ」

「そうか。そのうち飲ませてもらおう」

左馬助が表情を引き締めた。どうやら前置きはここまでだった。

「一つきいてよいか。おぬし、なにゆえ国を出た。死んだ師匠には、行き倒れ寸前のところを助けられたそうではないか」

重兵衛は答えられず、目を落とした。

「そんなすまなそうな顔をされると、こちらが心苦しくなってしまう。わかった。もうきかぬ」

「すみません」

左馬助は足を崩し、あぐらをかいた。

「前にもいったが、その、身分が下みたいな言葉づかいはやめてくれぬか。どうも調子が狂う。どうだ、俺はおぬしを重兵衛と呼ぶ。おぬしも、俺のことを左馬助と呼んでくれ」

心根の涼やかな信頼に足る男であるのはわかっている。だから、重兵衛はその申し出がうれしかった。

「そちらがよろしいのなら、手前は別にかまいません」

「よし、決まりだ。もう二度とていねいな言葉をつかうなよ。わかったな、重兵衛」

わかりましたといいかけて、重兵衛は言葉をのみこんだ。

「返事はどうした」

「わかった」

それでいい、とばかりに左馬助はにっこりと笑った。

すぐに笑みを消し、厳しい顔をつくる。

「しかし、よいか、重兵衛。おぬしを狙っている者がいるのは事実だぞ。国許からのことを引きずっているのではないか」

その通りだろうな、と重兵衛は思ったが、それも口にできなかった。

左馬助が茶を口に含んだ。

「だいたいのところはわかったが、もう一度確かめたい。死んだ師匠と石橋二郎兵衛という浪人者だが、上方の言葉をつかっていたというのは本当か」

本当だ、と重兵衛は答えた。

「遣い手に見えたか」

「師匠はさほどとは思わなかったが、石橋どのは相当のものと見た」

「おぬしの目なら確かだろう。それだけの遣い手をうしろから一突きにした、ということは殺し屋もすごい手練ということだな」

「殺し屋というのをどうして」

左馬助が説明する。

「河上さんから……」

「ああ。同心とはとても思えぬ人だが、あの人はあの人なりにおぬしのことを心配している様子だった」

うれしく、ありがたかった。

「おぬしのことをきいてもよいか」

重兵衛がいうと、左馬助は大仰と思えるほどに大きくうなずいた。

「かまわんぞ。俺には、隠し立てするような秘密はない」

重兵衛は咳払いをした。

「おぬし、国は刈屋だよな。勤番ではないようだが、なにゆえ江戸へ来た」

「それか」

左馬助は江戸にやってきた経緯を告げた。

「おぬし、目付なのか」

「なにをそんなに驚く」

「いや。しかしその万吉という男は見つかりそうか」

「まだだ。今はただ、ある男からのつなぎをひたすら待っている。人捜しをもっぱらにしている男だ」

「人捜しを生業に……知られた人なのか」

もし輔之進がその男に依頼したとしたら。

「ああ、凄腕だからな、それなりに知られてはいるだろう。ああ、そうだ」

思いついた様子の左馬助が懐を探り、なにかを取りだそうとした。

「おーい、重兵衛、いるか」

そのとき縁側のほうから声がした。手をとめ、耳をすませている風情の左馬助がいった。

「あのお方じゃないのか」

「そのようだ」

重兵衛は立ち、縁側に出た。

「おう、元気そうではないか」

庭に、満面に笑みを浮かべた河上がいた。うしろに中間の善吉がつきしたがっている。

「おかげさまで」

重兵衛は庭におり、ていねいに辞儀をした。

「河上さんのご尽力で無事に出られました」

「よせやい。俺はなにもしてないぜ」

重兵衛を見て、にやりと笑う。

「いつそんな謙虚さを覚えた、といいたげな顔だな」

河上は沓脱ぎを見た。

「客か」

「鳴瀬どのです」

「なんだ、そうか。なら遠慮はいらんな」

あがらせてもらうぞ。河上が沓脱ぎで草履を脱ぐのをみて、よろしいんですか、と善吉が目で問いかける。

重兵衛は笑ってうなずいた。

「善吉さんもどうぞ」

河上は沓脱ぎの草履をくるりとまわし、外に出るときすぐに履けるようにした。これは武家として当然のたしなみで、なにかあった際、あわてないようにするためだ。むろん、左馬助の草履も同じようにされている。

一度しか来たことがないのに何度も来たような顔で、河上は座敷に進んでいった。おう、といって左馬助に手をあげ、どすんとあぐらをかいた。そのうしろの隅に善吉が遠慮がちに正座をする。

「重兵衛の顔を見に来たのか」

河上が左馬助にきく。

「話をききにさ」

「宗太夫と二郎兵衛の話なら、俺からだいたいきけたはずじゃないのか」

「あんたこそなにしに来た」

「たまには息抜きしなくちゃならんと思ってな。この村は景色がいいから」

「まるでいつも仕事に精だしているようないい方だな」

「当たり前だ。昨日など、竹内とずっと一緒よ。つきっきりで俺の仕事ぶりを監視しやがってよ。まったくあの野郎、俺が断りきれずに飲んだ酒を、どうせ催促したんだろう、みたいないい方しやがって」

「ちがうのか」

「なんだよ、おまえさんまでそんなことというのか。だから、飲まなきゃやってられないんだよな。おい、重兵衛、そんなとこに突っ立ってねえで、はやく酒を持ってこい。おまえさんが無事に出られた祝いをしなきゃいけねえだろ」

「申しわけありません、酒の用意はないのですが」

「なんだよ、おめえ、自分のうちになにがあるかも知らねえのか」

河上はさっさと立ち、台所に向かった。重兵衛があとをついてゆくと、右手の戸棚をあけ、なかから大徳利を取りだした。

「ほら、見ろ、あるじゃねえか」

両手で掲げ、見せつけるようにした。

「なぜ河上さんがご存じなんです」

「この前、家捜ししただろう。そのとき見つけたんだよ」

「それはまた……」

重兵衛はいいかけて、言葉をとめた。

「なんだ、油断も隙もねえといいたそうだが、それをいうなら、目ざとい、といってもらいてえな」

湯飲みを三つ適当に物色して、河上は座敷に戻ろうとした。

「あの、手前は飲めないのですが」

「知ってるよ。善吉の分だ。ああ、左馬助は飲めるのかな。まあいいや。飲めなきゃ、その分、俺がいただきだ」

左馬助はそんなに強くはないようだが、河上に勧められるままに二杯ばかり飲んだ。

「しかし、この酒はうめえな。とろっとして甘みが強くてよ、その割にしつこくねえところがいいな」

河上は重兵衛を見た。

「おめえも飲めたらいいのによ。一口だけでも飲んだらどうだ」

重兵衛は手を振った。

「そんなことしたら、ひっくり返ります」

「それもまた見てみてえもんだがな」

河上はぐびりぐびりとまるで水を飲んでいるかのように喉仏を鳴らしている。

善吉は申しわけ程度に口をつけただけで、あきれたようにあるじを眺めている。

酒には強いらしく、河上の顔色はまるで変わらない。ぺらぺらと捕り物の自慢話をする声が少し高くなったくらいで、これで酒が相当入っているとは誰も思わないだろう。

「おい、重兵衛、肴《さかな》はないのか」

重兵衛は台所に行き、たくあんと今朝方買ったばかりの豆腐、昨日の宴で食べずに取っておいた三個の饅頭を持っていった。

河上はうまそうだなといって饅頭をほおばり、たくあんをぼりぼりとやった。

「おっ、このたくあんはうめえな。こんなにうめえのは久しぶりに食ったぞ。重兵衛、おめえが漬けたのか」

「いえ、村の人です」

左馬助もたくあんを箸でつまんだ。

「確かにうまいな、これは。でも、どこか懐かしい味がする」

「たくあんなんてどこも一緒じゃねえのか。重兵衛、どうせ差し入れだろ。いい知り合いがいるよな」

河上はふた切れを口に放りこんだ。

「ふむ、ますますうめえな。土産にもらいてえくらいだ」

「よかったら持ってってください」

「ほんとか。重兵衛、おめえはなんて気前のいいやつなんだ」

一転、河上がなにかを思いだしたように眉をひそめ、あまり似合わない気がかりの色を面《おもて》にあらわした。

「おい、重兵衛。殺された石橋の家からこの村に来るとき、おまえさん、木挽町四丁目でえらく緊張してたな。あれはあそこにお家の屋敷でもあるからじゃあないのか」

「木挽町四丁目……」

そうつぶやいて左馬助が重兵衛を見た。

「四丁目の大名屋敷といえば一つしかねえよな。信州高島諏訪家《たかしますわ》三万石だ。そういえば、おまえさんの言葉に信州を感じた者が村にいるらしいじゃないか。なあ、左馬助」

呼び捨てにされてむっとしかけたが、河上がそういう男であることに思いが至ったらしい左馬助は表情をもとに戻した。うなずいて重兵衛を深い瞳の色で見つめる。

「おまえさん、高島から逃げてきたのか。いったいなにがあったんだ。話してみんか」

河上が真摯にいい、ぐっと前に身を乗りだした。

どう答えようか重兵衛が迷ったとき、ふと人の気配を感じたように思い、台所のほうに目を向けた。

「ごめんください。重兵衛さん、いらっしゃいますか」

話の腰を折られた格好の河上は、なんだあ、とばかりに顔をしかめた。

「噂をすれば、ですよ。このたくあんを漬けたお人です。ちょっとすみません」

二人に断って重兵衛は外に出た。

台所脇の庭に立っていたのは茂助だった。

「これを持って来ました」

かたわらに、青物のたっぷりと入った籠が置かれていた。

「いつもありがとうございます。本当に助かります」

「重兵衛さんにそういってもらえると、本当にうれしいですよ。またいい物をつくろうっていう気持ちになりますから。まあ、今日はお祝いの意味もあるんですが」

茂助はぺこりと頭を下げた。

「昨日はせっかくの日だったのに、顔を見せられずにすみませんでした」

「風邪を引いてらしたんですよね。もう大丈夫ですか」

「ええ、もうすっかり」

確かに顔色もいい。

「今日はまた五月晴れのいい天気ですね。なにかこう風が澄み渡ってとても気持ちがよくて、こういう日は野良仕事もはかどるものなんですよ」

無口な茂助にしては珍しく、今日はずいぶんと饒舌《じょうぜつ》だ。

「でも、お世辞抜きで茂助さんがつくるのはおいしいですよ。手前が健やかでいられるのも茂助さんのおかげです」

「いや、まあ、重兵衛さん、そりゃいいすぎだわ。では、これで。またそのうちなにか見つくろって持ってきますよ」

帰ってゆく茂助を見送った重兵衛は台所に入ろうとして、立ちどまった。

土間に、厳しい顔をした左馬助が立っていた。すでに草履を履いている。

「今の男は」

顔色の変わりように驚きながらも、重兵衛は説明した。

「どうかしたのか」

「国のなまりを感じた」

「国って三河のか。まさか」

そうはいったものの、茂助が三河の出ではないといいきれない。こちらが勝手に、生まれも育ちも白金村、と決めつけていただけの話だ。

左馬助が懐から一枚の紙を取りだした。

「見てくれ」

「これは……」

重兵衛は絶句した。そこに描かれている男はまちがいなく茂助だった。

左馬助は台所を飛びだした。

ということは、茂助さんが万吉なのか。

信じられなかった。

「おい、どうした」

声のほうに目をやると、河上がのぞきこんでいた。

我に返った重兵衛は事情を手短に話し、左馬助のあとを追って走りだした。

「おい、こら重兵衛、ちょっと待て」

そういわれても待つわけにはいかず、重兵衛は一気に道へ出た。あざやかな緑が視野一杯に飛びこんでくる。

新堀川沿いの道を走る左馬助の背中が見える。その向こうに茂助のうしろ姿。あとほんの数瞬で追いつきそうだ。

重兵衛は必死に走った。

左馬助が声をかけたらしく、茂助がなにごとかと振り向いた。そこを左馬助は突っこみ、あっけなく茂助の腕をとらえた。

左馬助はひきずろうとしているが、茂助はなぜこんなことを、というように激しく逆らっている。いうことをきかない馬と農夫のような構図だ。

重兵衛はようやくその場に到着した。

「重兵衛さん、なんとかしてください」

茂助が必死の顔で懇願する。

「このお侍、わけのわからないこと、いわれるんですよ」

「とぼけるな。俺は鳴瀬友《と》右《え》衛門《もん》のせがれ左馬助だ。きさまを国に連れ帰るために江戸へ出てきたのだ」

「鳴瀬さまなんて人、あっしは知りませんよ」

「なら、思いださせてやろう。きさまが殺した郡奉行所の役人だ」

「郡奉行所のお方なんて存じあげません」

「宗太夫、石橋二郎兵衛、源八を殺し屋に頼んで殺させたこともわかってるんだ」

「宗太夫さんはわかりますが、あとの二人は誰なんです。殺し屋っていったいなんのことです」

「まだとぼけるのか」

左馬助は怒鳴りつけた。襟をつかんで、ぐいと顔を近づける。

「俺がとらえに来ることを故郷《くに》の父親からきいたおまえは、あの三人を殺させたんだ」

「冗談じゃありませんよ。いったいなんの話をしているんです」

そこへ河上があらわれた。よたよたとした走りで、善吉が支えていなかったら、倒れこみかねないような真っ青な顔色になっている。

「さすがに飲んでから走るときついな」

膝に両手をついてぜえぜえと荒い息を吐いていたが、しばらくすると落ち着いてきた。

顔をあげて茂助を見る。

「お、おまえはあの人相書の」

びっくりした声をだす。隣で善吉も目をみはっている。

「万吉だな。この村に隠れてたのか」

「お役人、なにをいわれるのです。あっしには、茂助というれっきとした名があります」

河上は左馬助を見た。

「確かに人相書そのものの男だが、この世には自分に似ている者がけっこういるらしいからな。名主のもとへ連れてゆき、この男が村に住み着いた事情をきけばはっきりするだろう。三年前以前から村で暮らしていたのなら、この男は万吉ではない」

「俺はそれでいい。きさまはどうなのだ」

左馬助が茂助にただした。

「あっしは……」

下を向いて小さくいい、それきり黙った。

「はっきりいわんか」

河上がうながすと、茂助はがばっと土下座をした。地面に額をこすりつけるようにし、必死の声でいい募る。

「お願いします。見逃してください」

「やっぱり万吉だったか」

河上がつぶやく。

やっと見つけだしたという安堵からか、ふう、と左馬助が息を吐いた。

「そうはいかぬ。そんなことをしたら、おまえに殺された三人だって浮かばれぬ」

茂助はさっと顔をあげた。

「あの三人の死にあっしはかかわりはございません。鳴瀬さまは口封じといわれましたが、きっと別のなにかが理由にちがいございません。どうか、お調べになってください。どうか、お願いいたします」

　ほとんど泣き声だった。

「あっしには妻も子もおります。刈屋にいたときとは心を入れ替え、今では別人になりました。仕事も一所懸命に励み、青物づくりの腕もあがりました。どうか、どうか後生です。見逃してください」

「生まれ変わったからといって、犯した罪が消えるわけではないんだ。罪は償ってもらうしかない」

「おい、左馬助」

　河上が呼びかける。

「はやいとこ名主のところへ連れてゆこう。そこでじっくりと取り調べよう」

「わかったが、この男をおぬしにくれてやるつもりはないぞ。国へ連れ帰る」

「事情はわかるが、こいつは三人を殺すよう命じた男なんだよな。殺し屋を割りだす必要もあるし、こちらとしてもうんとはいえんぞ」

「急に同心らしくなられるのは迷惑だな。ここは目をつぶっといてくれ」

「駄目だ。そういうわけにはいかん」

「いいか、この男は俺が見つけたんだ。俺が連れ帰る。こんなところで縄張がどうのこうの、いわんでくれ」

河上は少し不思議そうな顔をした。

「だが、なぜこの男を連れ帰ることにそんなにこだわる。仕置だけなら、我らにまかせてもいいはずだが。どうやら父上の仇ということだけではなさそうだな」

「その通りだ」

左馬助は深くうなずいた。

「この男を連れ帰るのは、国の上役の命令なんだ。その上役の狙いがなにか、はっきりときかされたことはないが、推測でよければあとで話してやろう」

三十二

重兵衛たちは名主の勝蔵の屋敷を訪れた。在宅していた勝蔵に、風通しのいい奥の座敷に通された。

勝蔵と懇意にしている様子の河上が事情を話した。

きき終えた勝蔵はさすがに驚愕を隠せなかった。いかにも信じられないという顔で言葉を吐きだす。

「茂助さんがお侍のお父上を……本名は万吉……」

「名主さん。この男が村に住み着いたいきさつを教えてくれ」

左馬助が頼みこむ。

勝蔵はごくりと息を飲んでから、はい、といって話しだした。

「あれは、三年前の初夏のことでした。一人の若い男がこの家を訪ねてきて、あの空き家は名主さんが差配をしているとききましたがまちがいないですか、といってきたのです」

それは、いま茂助が住んでいる家のことだった。麻布宮村町《みやむらちょう》のある商家の持ち家で、勝蔵は差配をまかされていたのだ。

ただし、家が空き家になったのはそれなりの理由があり、そのことを勝蔵は正直に話した。九年前、七人一家がはやり病で娘を一人残して全員が逝ってしまった家だったのだ。

男は、別にかまいません、といった。そして田畑ごと買い取りたい、と申し出た。

それまで買い手どころか借り手もつかない家だったから、その申し出をきいた家主はひじょうに喜んだ。

村としても、共同作業のとき最も頼りになる若い男が住んでくれるのは大歓迎で、勝蔵自身が請人となって男を村に住まわせた。三河からやってきたというその若い男は、村にすぐになじんだ。

「名主さん、万吉は正直に三河からといったのか」

左馬助が確かめた。

「ええ、そうです。三河碧海郡《へきかいぐん》の高井村《たかいむら》の出ということでした。その高井村の名主からちゃんと人別送りの通知も届きましたし」

「人別送りの名は万吉ではないな」

「ええ、茂助、でした」

「そうか。続けてくれ」

茂助の嫁のおさわは、はやり病から一人生き残った娘だった。気前よく家を買い取った割に働き者であることを気に入って、おさわを預かっていた親類の者が茂助に嫁取りを勧めたのだ。

おさわは、茂助が村に来てから一年後に元の家へ嫁したのである。

「それから一年後に子供が生まれ、村人の一人として当たり前にすごしてまいりましたのに、急にこんなことになってしまって……」

勝蔵は無念そうに唇を嚙み締めている。

名主をちらりと見やった河上が左馬助に話を振った。

「本当は大番屋へ連れてゆきたいところだが、そこまではいい。これより奉行所から人を呼んで取り調べるが、まさかいやとはいわんだろうな」

「今日一日ならかまわぬ」

「一日で終わるものかどうか」

つぶやくようにいって河上は、勝蔵、と名主に呼びかけた。

「奉行所に使いをだしてくれ」

「わかりました。すぐに」

名主は座敷を出てゆこうとした。

「ああ、勝蔵、竹内だけは呼んでくれるな。いや、やっぱりいい。どうせ来るのはやつに決まってる」


竹内や瀬戸口、それに上役である与力までやってきた。三人は、敷地の奥に建つ土蔵に茂助を押しこんだ。

「ご一緒させてもらってよろしいですか」

左馬助は立ち会いを申し出た。

竹内と瀬戸口は拒絶しようとしたが、上役の山内があっさりと、いいでしょう、といった。拒否して、懇意にしている土井家及び今井将監との仲がこじれることを怖れたような顔だ。

そんななか、河上は一人蔵の外にだされた。

「なんで俺だけ……」

ぶつぶつと扉のそばにいた重兵衛に不満をぶつけていたが、重兵衛もなんといっていいかわからない困った顔をしていた。

扉が閉められると同時に、行灯が一つ灯されただけの薄暗い蔵のなかで、三人がかりによる取り調べがはじまった。

左馬助は、なんともいえない重苦しい緊張感が漂いはじめたのを感じた。

罪人相手の取り調べを専門とする三人から放たれる気が、蔵を一杯におおいつくしたためらしい。

自分が罪人だったらすぐに吐いてしまうような息も継がせぬ問いつめ方だったが、茂助は耐え続け、なにも吐かなかった。

「責めにかけるぞ」

竹内が脅したが、無駄だった。

「こりゃ、本当に大番屋に連れていかなきゃ駄目なんじゃないでしょうか」

瀬戸口が山内にいう。

「それはやめてください。本当なら今日にでも国に連れて帰りたいところなんです」

そういう左馬助に山内がたずねた。

「父上の仇であることはわかりましたが、なぜそこまでこだわるのです」

答えかけて、左馬助は言葉をとめた。

「まず、この男を外にだしてください」

即座に中間の手で茂助は連れだされた。

「それから、河上さんと重兵衛を呼んでください。二人には理由を話すことを約束しましたから」

二人が入ってきたのを見て、左馬助は蔵のなかにいる全員を見た。

「このことはみなさんの胸にしまい、決して他言せぬことを誓っていただきたい」

一人残らず深くうなずいたのを確認してから、左馬助は話しだした。

「刈屋の高井村という在に住む大百姓の四男の万吉は、村の女房に横恋慕していました。それがなにかの弾みで、おそらく女房を手込めにしようとして抵抗されたのでは、と思われるのですが、とにかく女房を殺してしまった。そして、村を巡回中だった父にとらえられたのでしょう」

万吉がしょっ引かれる場面を見ていた者があった。万吉の遊び仲間だった源八で、源八は郡奉行所の役人にせがれがつかまったことを大百姓に注進した。

できの悪い四男坊を溺愛していた大百姓は、そのとき食客となっていた二人の浪人にせがれの奪回を依頼した。

大百姓の扱いに恩義を感じていた二人に断ることなどできず、役人とその供を討ち果たし、女と一緒に死骸を土に埋めた。

そこまでしてしまった以上、もはや刈屋にいられず、四人は大百姓からもらったまとまった金を懐に江戸へ向かった。

宗太夫や二郎兵衛、幸蔵の三人がそれぞれの暮らしを成り立たせていられたのも、このときの金があったからではないか。

「さて、ここからが本題です」

左馬助はあらためて、みんなの顔を見渡した。

「父の仇というのなら仇討願をだして公儀の許しを得れば、この場で万吉を討ち果たしてもなんら不都合はありません。しかしそれがしの上役は必ず連れ帰るよう、きつく命じました」

全員の目は左馬助に注がれている。

「万吉の父親の大百姓は潰れ百姓の土地を買いあさっており、今では刈屋において、主家をしのぐのでは、といわれるほどの土地を所有しています」

それだけならまだしも、年貢に関して家中の要人に手厳しい意見をするようになっていて、ときに一揆を示唆することもあった。

脅し以外のなにものでもなく、また、お家の乗っ取りをたくらんでいるのでは、とまでいわれており、主家にとって邪魔な存在でしかなかった。

万吉の役人殺しは、この大百姓を潰す絶好の機会だった。せがれを生かしてとらえ、大百姓の関与が明らかになれば。

「それがしは、こういうことではないか、と考えています。ですから、お家のために、どうしても万吉を生かして連れ帰る必要があるのです」

今井将監が公儀との折衝をしている最中、左馬助は麻布坂江町の堀井道場を訪れた。

座敷で向かい合った師範の新蔵に、今泉との顚末《てんまつ》をすべて話した。

さすがに新蔵は驚愕した。

「金吾は、おぬしがいるから師範代の地位がまわってこん、といったのか。だからおぬしを殺さねばならん、と」

新蔵は下を向き、顎をなでた。

「大きな勘ちがいだな。腕に不足があったのは事実だが、むしろそんな心のほうに問題があったのに……」

小さく首を振る。

「それでも不始末のけりを自らつけただけでも、よしとすべきなのかな」

すっと顔をあげて、左馬助を見た。

「よくぞ話してくれた。遺書もなく、突然のことだったから家の者も自害の理由を見つけられなんだ。まあ、このことはわしの胸にしまっておくが。左馬助も誰にも話さんことだ」

「わかりました」

新蔵は左馬助を見直し、気分を変えるような明るい口調でいった。

「捜し物は見つかったようだな」

「はい、昨日」

「紋兵衛どのか」

左馬助は苦笑を漏らした。

「残念ながら紋兵衛どのには……昨日、とらえた旨を知らせておきました。えらい残念がりようでした」

「だろうな。ああいう人は金の問題ではないんだ。仕事をまっとうできなかった無念さのほうが先にくる」

新蔵は寂しそうに左馬助を見つめた。

「では、国に戻るのか」

「はい、数日中には江戸を発つことになりましょう」

「そうか。やはり帰ってしまうのか」

新蔵は沈みこみそうになったが、すぐに自らを励ますように笑顔を見せた。

「まあ、これが今生《こんじょう》の別れではないからな。どれ左馬助、立ち合うか。餞別《せんべつ》をくれてやろう」

三本勝負を宣され、もしや一本くらい入れさせてくれるのでは、と左馬助は期待していたが、師範は情け容赦なく思いきり叩きのめしてくれた。

三本目では、かすかに隙が見えた右の横面めがけて竹刀を振りおろしたが、一瞬にして師範の姿は消え、代わりに目に入ったのはうなりをあげて近づく竹刀の切っ先だった。

視野一杯に広がったそれをよける間もなく、左馬助は喉に強烈な打撃を受け、うしろに吹っ飛んだ。

天井がつきたての餅のようにぐにゃりと曲がり、壁がつっかい棒をはずされたように倒れかかってきた。見えたのはここまでで、そのあとは闇にふさがれた。

朦朧とした頭のなかで、なぜ師範はここまでやるのだろう、と考えたとき、意識の糸はぶつりと音を立てて切れた。

気がついたときは、やわらかなものに頭がのっていた。ひりひりする喉になにか冷たいものが置かれた。

左馬助はゆっくりと目をひらいた。どきっとした。眼前に奈緒の顔がある。

奈緒が膝枕をしてくれていることに、左馬助はようやく気づいた。

「目が覚めましたか。ああ、動かないでください」

「しかし」

「いいのです。それとも左馬助さまは私の膝枕がおいやですか」

「とんでもない」

できるものなら、永遠に続いてほしい。

「父を怒らないでくださいね……」

「怒るだなんてそんな」

むしろ感謝したい。師範の餞別というのはこれなのだな、と左馬助はようやく納得した。

三十三

町奉行所と折り合いをつけるのに数日を必要としたようだが、江戸家老の尽力で、茂助を三河へ連れてゆく算段はととのったらしかった。

茂助の女房のおさわが、茂助はきっと帰ってくるとかたく信じていることを、重兵衛は長太郎、お知香夫婦にきかされた。

子供を授かって間もない長太郎たちにとって、去年生まれたばかりの幼子を持つおさわは、とても他人事《ひとごと》に思えないようだ。

家人たち三人がもう二度と一緒に暮らすことがないことがわかってしまっている重兵衛にはかわいそうでならなかったが、これも運命でしかなかった。

五月二十三日の明け六つ、国に戻るという左馬助を重兵衛は高輪の大木戸まで見送りに行った。

大木戸は天和《てんな》二年（一六八二）に田町から移されたときにはまだ関としての役目を果たしていたらしいが、江戸の町が大きくなってどこからでも市街に入ることができるようになると、いつしか旅人の見送りや出迎えの場所でしかなくなった。

まだ明けてからさほどたっていない早朝の海は穏やかで、低い位置から射しこむ朝日にさざなみがときおりきらめいている。

房総のほうは大気が煙っているようでかすんでいるが、これから左馬助が歩きだす西のほうの景色はくっきりとした輪郭を見せており、緑がまぶしく感じられる。

海を吹き渡ってくる南風は、今が梅雨どきであることを忘れさせてくれるさわやかさに満ち、あたりに植えられた松の木も気持ちよさげに枝を鳴らしている。

大木戸近くはこの刻限、見送りの人たちばかりだ。元気で行ってこいよ、と励ます者、道中の無事を祈る者などが多いが、これが今生の別れ、とばかりに手を取り合って泣いている者もけっこう目立つ。

重兵衛は茂助に目を向けた。

股引をはき脚絆《きゃはん》をつけてふつうの旅人のような格好をしているが、うしろ手に縛めをされたその姿はさすがに人目をひかずにはおかない。

万吉という名は、いまだに重兵衛のなかでしっくりとこない。声をかけたかったが、なんといえばいいいか、思いつけなかった。

茂助は二人の侍に囲まれている。勤番らしいこの二人は、左馬助とともに道中、茂助の警護をするという。一人が縛めの先をかたく握っていた。

与えられた役目の厳しさはわかっているのだろうが、思いもかけぬ帰郷に二人はつい頬がゆるんでしまうようだ。親しい数名が見送りに来ていて、文や土産の品を託している。

重兵衛は、黒の塗笠を手に野羽織、野袴というすっかり旅姿の左馬助に歩み寄った。

「道中、無事を祈っている」

左馬助はうなずいて笑みを見せたものの、少しせつなそうな顔になった。

「うむ。しかし名残惜しいな」

「本当に。もしおぬしがいてくれなかったら、俺はここにはまずおられなかった」

「そんなことはないさ。河上のおっさんだけだってやれていたはずだ」

重兵衛がどうだろうか、とばかりに首をひねってみせると、左馬助は白い歯を見せた。

重兵衛は勤番の二人に目を向けた。

「しかし、よかった。家中のお人がついていてくれるのだな。おぬしの性格からして、誰にも合力を頼むつもりはないのでは、と案じていたのだ」

「考えすぎだ、重兵衛。大事な証人だぞ。いくら節約を念仏のように唱える貧乏大名といえども、一人で行かせるはずがない」

「でも、油断するなよ。三人の命を奪った手練がいるぞ。そいつが取り戻しに来ぬとは限らぬ」

「確かに気にはなっている。話してなかったが、二度ばかり妙な目にまとわりつかれたことがあるんだ」

「その目の持ち主が殺し屋……」

「十分に考えられる。道中、決して気をゆるめぬし、二人には殺し屋のことはしっかり伝えておく」

「二人は遣えるのか」

重兵衛は小声でたずねた。

「もうわかっているのだろうが。少なくとも道中、退屈せずにはすむだろう。二人ともけっこう話し好きだ」

左馬助は江戸を去っていった。


六つ半前に村に戻った重兵衛は、いつものように五つから手習をはじめた。二日前から手習を再開しており、今日も五十人を超える子供たち全員が集まった。

読み書きや書道、そしてようやく自分のものになりつつある農学を教えた。

「ねえ、お師匠さん、なにか気になることでもあるの」

あと半刻ほどで昼というとき、お美代がつまらなそうにたずねた。

重兵衛ははっとした。

「そう見えるか」

「うん。どこか気もそぞろというか」

お美代は真剣な目を当ててきた。

「好きな人でもできたの」

「本当なの、お師匠さん」

吉五郎がうれしそうにきく。

「あっ、おそのさんじゃないの」

松之介が叫ぶ。

「ええ、うそ」

お美代が悔しそうにいった。

「おそのちゃんが相手じゃあ、あたしあきらめるしかないわ」

「どうしてさ」

松之介がきく。

「だっておそのちゃん、やさしいんだもの。あたしが転んで怪我したときおぶってくれたし、お裁縫も親切に教えてくれるし。うさ吉もあたしになついてるし」

「えっ、あの馬鹿犬がなついてるのか」

お美代は吉五郎をにらみつけた。

「馬鹿じゃないわ。ちゃんと人を見る賢い犬よ。なつかれないあんたが馬鹿なのよ」

でも確か、と松之介がいった。

「おそのさん、あの犬がなついた人のお嫁さんになるとか、前にいってたよな」

「じゃあ、お美代がおそのさんの」

「あんた、ほんとに馬鹿ね。今、本気でいったでしょ」

「ば、馬鹿、本気のわけないだろうが」

子供たちのやり取りは楽しく、いつまでもきいていたかったが、それでは手習にならないので、重兵衛はあいだに入った。

子供たちはすぐに手習に戻った。

重兵衛も手習に集中できるよう、気持ちを入れ直した。

三十四

先ほどから、左馬助は背後に目を感じている。

江戸を出て二日がたった。早立ちとおそい到着を繰り返し、東海道はすでに箱根《はこね》にかかろうとしている。

刻限は七つ半をすぎた。夜のはやい山道は、夕暮れに包まれつつある。風はさしてないが、大気は冷えつつあり、木々の吐きだすかぐわしく濃厚な香りとともに、背筋をぞくとさせる冷たさがときおり野羽織のなかに忍びこんでくる。

しくじったかな、と左馬助は思った。今日は無理をせず、小田原《おだわら》に投宿すべきだったのではないか。今日の予定としては夜道を進み、箱根に宿を取ることになってはいるのだが。

背後からの目はこれまでに二度感じたのとまちがいなく同じだ。

先頭を行く左馬助は首をねじ曲げて、二人に警告を発した。

「ご用心くだされ。何者かがずっと我らを見つめている」

「本当でござるか」

二人はきょろきょろとまわりを見、うしろを振り返りもしたが、顔に言葉ほどの緊迫感はない。二人とも選抜された士だけに腕にそれなりの自信を持っており、そのことが左馬助の言葉を真に受けさせなかった。

逆に、愁眉《しゅうび》をひらくように万吉が表情を明るくしたのを、左馬助は見逃さなかった。ときが進んでさらにまわりは暗くなり、道の上下どちらを見ても人けがなくなった。

「鳴瀬どの」

万吉からのびた綱を体に巻きつけ、さらにがっちりと握っている小田切秋之進《おだぎりあきのしん》という勤番が声をかけてきた。

「まだ目は感じますのか」

左馬助は無言で首を振った。いつからか蓋《ふた》をされたように消えている。

左馬助は声を励まして、いった。

「しかし、ご用心召されよ。必ず襲ってきますぞ。こいつは、それを知っている顔をしています」

左馬助は厳しい目で万吉を見据えた。

万吉は薄ら笑いを浮かべている。この男の本性をあらわしたような瞳で、左馬助をおもしろそうに眺めている。

「いいか。もし襲ってきたら、真っ先にきさまを殺す」

まわりの森に響くよう、左馬助は鋭い声でいい放った。

「やれるものならやってみな」

万吉は嘲笑を浴びせてきた。

左馬助は前を向き、足を運び続けた。いつ、どこから来るのか。心の臓が激しく鼓動を打っている。

最後尾を歩く後藤幸七《ごとうこうしち》という侍が首を左右に振って、あたりを見まわした。

「しかし鳴瀬どの、考えすぎではござらんのか。どこにもそんな気配は……」

ひゅんと風を切る音がして、後藤の声が途絶えた。

はっとして振り向くと、後藤が前のめりに倒れこんだ。背中に矢が突き立っている。

首を振って万吉のほうへ目を向けた。

「小田切どのっ、万吉を上へ」

声をかけた瞬間、左馬助は自分を狙ってきた矢を見た。体を低くし首を縮めたが、よけられたか自信はなかった。

矢は左の鬢《びん》の上をかすっていった。左馬助は抜刀した。

「小田切どの」

もう一度声をかける。小田切は目をみはって呆然として立ちすくんでいる。

「小田切どの、万吉をはやく上へ。ここは自分が防ぎます」

しかし小田切は足を動かそうとせず、綱を引こうともしない。不意に、うしろから押されたように体を斜めに揺らし、うつぶせに倒れていった。

小田切を蹴り倒してあらわれたのは、一人の男だった。柿色らしい装束に身を包み、刀身に血がついた匕首《あいくち》を握っている。

体つきはいかにもしなやかで、軍記物で読んだ忍びを思わせた。

小田切の背中からは、湧き出る水のように血がどくどくと流れだしている。瞳は左馬助のほうを向いているが、なんの感情も映じていない。

「はやく、これを頼む」

喜色を一瞬にして消した万吉が男に向かって叫び、綱を切りやすいようにぐいと引っぱる。

そうはさせじと左馬助は万吉に向かって突っこみ、ひゅんと刀を振った。

寸前で刃を返した刀は左の脇腹にめりこみ、万吉は腰を折るや膝をついた。身をよじって苦しみ、やがて大きく息を吐くとがくりと首を落として気絶した。

左馬助は男に向き直った。

体を丸めて踏みこんできた男は匕首を突きだしてくる。左馬助はよけ、刀を上段から振りおろした。

男は会釈をするような動きで軽々とかわし、左馬助の懐に飛びこんでこようとした。

左馬助はうしろに下がると相手につけこまれることをさとり、左に走って男の逆胴を薙《な》ごうとした。

男は綱で引っぱりあげられたような跳躍を見せ、左馬助の刀を飛び越えた。

左馬助が刀を引き戻して向き直ったときには男は眼前に迫っており、すでに匕首を伸ばしていた。

不意に、新蔵との最後の稽古が思いだされた。あの突きにくらべれば、この男の突きなど物の数ではない。

半身になって匕首をよけた左馬助は、再び逆胴を繰りだした。軽い足さばきで男はかわし、またも跳躍した。

目をみはるような跳躍で、左馬助の頭上を飛び越えざま、匕首を右手から投げつけてきた。

強弓に弾かれた矢のごとき勢いで心の臓を狙ってきた匕首を、左馬助は体をひらくことでなんとかやりすごした。それでも左の胸をかすめられ、野羽織がわずかに裂けた。

男が着地した瞬間を逃さず、左馬助は刀を思いきり落とした。

完全に間合に入れていたはずなのに、刀は空を切った。

左馬助が男の姿を探して首をひねったとき、背後に殺気が湧きあがった。新たな匕首が闇に光る。

左馬助は振り返ることなく片手で刀を振った。横に跳ね飛んだ気配は猫のように動いて、左馬助の背中を取ろうとした。

左馬助は影を追うことなく、体を逆にまわして、胴に刀を鋭く払った。

男は壁にぶち当たったかのように足をとめ、刀をぎりぎりで避けた。

男はすばやくうしろに下がり、左馬助との距離を置いた。

「さすがにできるな」

あれだけ激しく動いたのに、男の低い声には息づかい一つ混じっていない。

左馬助の息は荒く、このまま体力をなし崩しにつかわせられる戦いを続けるとなれば、勝ち目はまずない。

「しかし、残念ながら俺には勝てん。いくら刀と匕首でもな」

男は自信たっぷりにいい放った。

「それにな、俺は一度うぬの腕を見ている」

「どういう意味だ」

今泉との対決を見られていたのかと思ったが、すぐにひらめくものがあった。

「夜盗か。あれは、きさまが仕向けたものだったのだな」

「あの連中ではさして手がかりにはならなかったが、いずれやり合うことになるかもしれん相手がどれほどのものか、見ておかねば長生きはできんからな」

「殺し屋が長生きする気でいるのか」

「長く生きれば、楽しいことも多々あろう」

忍び頭巾の口のあたりをゆがめるようにして笑った。

「しかし、うぬも間が抜けておる。俺がすぐうしろで殺気をきらめかしたとき、なにも気づかなかったものな」

「なんの話だ」

「わからんか。わからんだろうな。冥土に行けば、閻魔《えんま》さまに教えてもらえるさ」

忍び頭巾の中の目が細められた。

「一つききたいことがある」

左馬助は男の動きを制するようにいった。

「こうして万吉を取り戻そうとするくらいなら、なぜこの男が捕らえられる前に俺を殺さなかった。そのほうが手っ取りばやかっただろうに」

「うぬを殺したところで、どうせ新手《あらて》が送られてくる。それなら、顔と居どころを知っている者の始末をしたほうがいい。……どれ、決着をつけるか」

左馬助は息を入れ直した。目の前に立つ男を気迫をこめてにらみつける。

こんなところで死んでたまるか。

流れ落ちる滝の勢いで戦意が心を駆けめぐり、次いで奈緒の面影が脳裏に浮かんだ。

膝枕の感触、桃色の頬、潤んだ瞳、そしてやわらかな唇。

そう、あのとき自然に顔を寄せ合い、唇を吸い合ったのだ。

男が飛びこんできた。左馬助は八双に構えた刀を一気に振りおろした。

男は匕首で撥ねあげ、鋭く刃を伸ばした。左馬助は身を低くしてよけ、胴を払う。男は横に飛び、そこから二歩ばかり下がった。そのときなにかにつまずいてよろけ、はっとした。

左馬助は見逃さず、刀を打ちおろした。男はかろうじてかわしたが、体勢を崩したまま右へ走り、藪を背にした。

左馬助は追い、袈裟斬りを浴びせた。匕首をしっかり構え直していた男は、刀を弾き返すや左馬助の脇を駆け抜けようとした。左馬助は片手で刀を振ったが、男の右肩をわずかにかすめただけだった。

男はくるりと振り返り、腰を落として油断なく匕首を構えている。

今度は左馬助が藪を背にした。荒い息が静まらない。どれだけ戦い続けたのか。一刻以上になる気がするが、おそらくその十分の一もたっていない。

気合を入れ直して、男を見つめた。

なぜか動こうとしない。疲れているのだ、と左馬助は思い当たった。あの自信満々な口調からして、これほどてこずるとは正直考えていなかったのだろう。

左馬助は男に神経を集中し、どこかに隙がないか、探そうとした。

「左馬助、うしろだっ」

横合いから鋭い叫び声。左馬助はなにも考えず、前に身を投げだした。

ごろりと転がって立ちあがった瞬間、左馬助は目の前に立っていた男が腕を鋭く動かしたのを見た。

きらめいた光が斜めの筋をつくって落ちてくる。左馬助は体をのけぞらせ、ぎりぎりで避けた。

男がさらに踏みこんでくる。左馬助は左に動いて、男の連続攻撃をなんとかかわした。

背後で刀が打ち合う音がしている。

男を見据えたまま足をじりと動かして視野を広げると、忍び装束を着たもう一人の男と長身の男が戦っているのが見えた。

いつの間にか月が出ており、そのやわらかな淡い光に照らしだされて脇差を振るっているのは、紛れもなく重兵衛だった。

なぜここに、と思ったが、左馬助は百万の味方を得た気分というのがどういうものか、はじめてわかった気がした。

得物は脇差とはいえ、やはり重兵衛はすばらしい遣い手で、手練の敵を確実に追いこんでいる。なめらかな足さばき、目にもとまらぬ振りのはやさなど、自分とは格段にちがう。師匠ともいい勝負なのでは、と左馬助は重兵衛の動きに、男と対峙していることを忘れて見とれた。

やがて、練達の漁師が網をせばめるように重兵衛は男を街道脇に生える一本の杉の大木のところへ追いつめた。

逃げ場を失った男は長脇差を持ち直した。見た目にも荒い息を吐いているのがわかる。一か八かの勝負に出ることを決意したらしく、男は身を低くして重兵衛の懐に飛びこんでゆく。

うなりがきこえるかのような猛烈な斬撃を重兵衛は発した。

よけきれないことをさとった男は長脇差で撥ねのけようしたが、重兵衛の脇差は鋭さとはやさをさらに増した。

がきん。強烈な音が左馬助の耳を打った。

岩でも打ち据えたかのような衝撃が腕に伝わったが、次の瞬間、豆腐でも切るような軽い手応えに変わった。

相手の長脇差は真っ二つになり、重兵衛の脇差は男の頭蓋にめりこんだ。頭巾から両の目玉が飛び出る。

重兵衛は、鋸《のこぎり》を引くように脇差を手元に戻した。

男は折れた長脇差をだらりと下げ、なにも見えてない目で二歩、三歩と前に進んだ。四歩目で、足を引っかけられたように頭から倒れこんだ。自らが流したおびただしい血のなかで痙攣《けいれん》を繰り返したが、やがて動かなくなった。

重兵衛は、男が息絶えるのを待っていなかった。脇差を鞘にしまうやすばやく左馬助に駆け寄り、声をかけた。

「左馬助、刀をよこせ」

放られた刀を、重兵衛ははっしと力強く受け取った。

地面を蹴り、明らかに及び腰になった男との距離を一気につめる。

男を間合に入れるや、袈裟に一気に斬りおろした。男は両手で匕首を振りあげ、斬撃に耐えようとした。

がきん、という音が再び響き渡るや、男の横面で跳ねあがった匕首は左側の藪のほうへ飛んでいった。

重兵衛が振り抜いた刀は、男の左鎖骨から入って右の腰近くまでをも斬り裂いた。自らが吐いた血で忍び頭巾を黒く染めながら、男は石灯籠が倒れるようにどしんと前のめりに地に伏した。すでに息絶えている。

左馬助は声も出ないようだったが、我に返ったように言葉を発した。

「なにゆえここに」

ふう、と重兵衛は大きく息をついた。

「恩返しよ。それに、師匠の仇を討ちたかった」

「だったら、どうしてもっとはやく加勢してくれなかった」

「もう一人の居場所がわからなかった。それまでは動くに動けなかった」

「なに。じゃあ、こいつらが二人組なのがわかっていたのか。なぜ見送りのとき教えなかった」

「あのときは気づいていなかったのだ。石橋どのの殺され方に、妙な気はしていたのだが」

重兵衛は説明した。

「昨日の手習の最中、前の子とおしゃべりに夢中になっている子をうしろから目隠しした子がいて……。おぬしが危ないのをさとって、江戸を発った」

重兵衛は、目の前の死骸から忍び頭巾をはぎ取った。

見覚えがある。二郎兵衛の家をはじめて訪ねていったとき、屋根にいた鳶の男だ。

左馬助が男の顔をのぞきこんだ。

「こいつは……」

「知っているのか」

「ああ。煮売り酒屋で俺のうしろに座ったやつだ。俺に煮しめがうまいか、ききやがった」

重兵衛は左馬助に刀を返した。

左馬助は刀をていねいに懐紙でぬぐってから、鞘に戻した。

「それにしてもすさまじい剣だな」

「我が故郷に古来より伝わる剣法だ。刀など叩き折ってしまえばいい、という考えから生まれた、はやさと重さのみを追求した剣だ」

「誰が考えたか知らぬが、おっそろしく単純なおつむを持つ人だったのだろうな」

左馬助ははっとしてあたりを見まわした。

「万吉はどうした」

切れた綱が地面に落ちており、小田切の脇差が鞘だけになっている。

「くそ、逃げやがった。重兵衛、一緒に捜してくれ」

左馬助が、間道の入口らしい草が踏みにじられている場所を見つけた。

「ここをおりていったようだな。俺はここを行く。おぬしは街道を頼む。どのみち、江戸へ戻ろうとしているはずだ」

「承知した」

左馬助のいう通り、茂助が逃げるとしたら家人の待つ江戸しかない。となると、いずれ東海道に出るはずだ。

重兵衛は道をくだりはじめた。

半里ほど走ったときだった。白々とした月光の下、不意に茂助らしい影が東海道に飛び出るのが見えた。どうやら、左馬助のおりていった道の出口があそこのようだ。

茂助はうしろを振り返ることなく、必死に走りはじめた。

あえぎ声がきこえてきそうなよたよたとした走りで、脇腹を押さえている。重兵衛との距離は、あっけなくつまってゆく。

やがて、茂助の息づかいと足音が届く距離まで重兵衛は近づいた。

その気配を感じて茂助が振り向く。追いつかれたのかと無念そうに顔をゆがめたが、そこにいるのが重兵衛であることに気づいて、ほっとしたように足をゆるめた。

疲れきったように足をとめる。

「頼む、重兵衛さん、見逃してくれ」

荒い息とともに言葉を吐きだす。

「俺としてはそうしてやりたい」

実際、重兵衛には、刈屋の大百姓を潰すためにおさわとせがれが犠牲になることはないのでは、という思いがある。

しかも、昨日江戸を発つ前、長太郎、お知香夫婦に、おさわさんには新しい命が宿っている、とときかされている。

「哀れみなどかける必要はないぞ、重兵衛」

振り返ると、左馬助が立っていた。野羽織、野袴に小枝や葉っぱ、草の切れ端がいくつもついている。

「先ほど死んだ二人には妻子がいた。だが、もう二度と会えぬ。きさまにも同じ思いを味わってもらう」

茂助は下を向き、悔しそうに唇を噛んだ。

左馬助が腰から予備の縄を取りだし、茂助に近づいた。いきなり茂助は隠し持っていた脇差を突きだした。

完全に虚を衝かれた左馬助は飛びすさろうとしたが、脇差は左馬助の動きを上まわる伸びを示した。

左馬助の脇腹に吸いこまれる直前、きん、と乾いた音を残して脇差は闇に消えた。

重兵衛は抜き打ちにした脇差を見つめた。刀身が二つに折れている。さっき左馬助から刀を借りたのは、次の一撃でこうなることがわかっていたからだ。

茂助は呆然としている。怒りに顔をふくらませた左馬助はうしろにまわり、一気に縛りあげた。

「こういう男だ」

そういって荒々しく縄を引いた。

三十五

あれから一ヶ月がたち、六月二十五日になった。

梅雨は明け、今日も真っ青な空に君臨している太陽から放たれた陽射しは遠慮なしに村を焼いているが、田植えがとうに終わった水田からは日々生長する稲の匂いが漂ってきて、とてもいい気分にさせてくれる。

手習を終えて、重兵衛が熱い茶を喫して一服していると、文が届いた。

左馬助からで、それには事件の顛末が書き連ねてあった。

宗太夫と二郎兵衛はもとは大和《やまと》で一万石を食んでいた大名家に仕える家のそれぞれ三男、四男だったが、主家が取り潰しになって江戸に出ようとして、刈屋まで来たところで路銀をつかい果たし、行き倒れ寸前になった。

そこを救ってくれたのが土地の大百姓の竹右衛門《たけえもん》だった。

宗太夫は冷や飯食いの境遇に生まれついたことを諦観《ていかん》し、大和では書三昧の暮らしを送っていたらしいが、二郎兵衛の場合、不幸だったのは、剣の腕を見こまれて婿入り先が決まった矢先の取り潰しだったことだ。

そんな宗太夫や二郎兵衛が裕福に暮らしていけたのは、貯えがあったわけではなく、竹右衛門からの年に一度の送金が途切れることなく続いていたからだ。

ただし、宗太夫は竹右衛門との縁を切ろうとしていたようで、竹右衛門に、もう金はいらぬ、と告げたらしい。

江戸に赴いた土井家の目付に見つかった途端、宗太夫がすべてを話してしまうのでは、との危惧を抱いた竹右衛門が三人の口封じを思いついたのだ。

竹右衛門は、以前あの殺し屋を使ったことがあるとのことだ。それも実の兄に対して。

家を継いでいた竹右衛門の兄は十五年前、背後から刺し殺されている。

竹右衛門、万吉親子は裁きの末、死罪になったとのことだ。

『また江戸に行くので、近いうちお目にかかれよう』

この言葉で文は締めくくられていた。

重兵衛は目を閉じた。そうか、茂助さんは死んだか。

おさわはせがれの竹之助と腹の子しかこの世にいないような暮らしをずっと続けていたが、最近になってようやく笑顔を見せるようになった。村人たちのあたたかな気づかいに、気持ちがわずかながらもほぐれてきたようだ。

きっと、完全に立ち直るのもそんなに遠いことではあるまい。

重兵衛は目を見ひらいた。

あとは俺の始末だな。

誰がおとしいれようとしたのか。いつかは決着をつけなければならない。

「おーい、重兵衛、いるか」

教場のほうから声がした。

出てみると、入口に左馬助が立っていた。別れたときと同じ旅姿をしている。

重兵衛は目をみはるしかなかった。

「なにを驚いておる。文は読んだのだろう。近いうちお目にかかれると書いてあったはずだが」

「だがどうして」

「致仕《ちし》した。だから、いま俺の身分は浪人だ。もともと目付なんて性に合っておらなんだ。下っ端役人の三男坊が、ただ剣の腕を買われただけのことだし。今日は泊めてくれるか。明日の朝、申しこみに行くつもりなのだ」

「申しこむって」

「申しこむっていったら一つだろう」

左馬助は照れたように笑った。

「ある人に妻になってくれるよう、頼みこむのさ」

そうか、左馬助はそんな決意をしていたのか、と重兵衛の心はあたたかさに満たされた。

我がことのようにうれしくてならない。

参考文献

『江戸庶民の衣食住』竹内誠監修（学習研究社）
『江戸東京歴史探検三　江戸で暮らしてみる』近松鴻二編（中央公論新社）
『江戸の算術指南』西田知己（研成社）
『江戸の寺子屋と子供たち』渡邉信一郎（三樹書房）
『江戸の寺子屋入門』佐藤健一編（研成社）
『大江戸ものしり図鑑』花咲一男監修（主婦と生活社）
『時代考証事典』稲垣史生（新人物往来社）
『日本人をつくった教育』沖田行司（大巧社）
『間違いだらけの時代劇』名和弓雄（河出書房新社）
『CD - ROM版江戸東京重ね地図』吉原健一郎・俵元昭監修（エーピーピーカンパニー）

※本書は、中央公論新社より二〇〇三年十一月に刊行された作品を改版したものです。

中公文庫

手習重兵衛《てならいじゅうべえ》
闇《やみ》討《う》ち斬《ざん》
——新装版《しんそうばん》

2003年11月25日　初版発行
2016年11月25日　改版発行

著　者　鈴《すず》木《き》英《えい》治《じ》

発行者　大橋善光

発行所　中央公論新社
〒100-8152　東京都千代田区大手町1-7-1
電話　販売 03-5299-1730　編集 03-5299-1890
URL http://www.chuko.co.jp/

DTP　平面惑星
印　刷　三晃印刷
製　本　小泉製本

Published by CHUOKORON-SHINSHA, INC.
Printed in Japan　ISBN978-4-12-206312-9 C1193

あ-59-6
浅田次郎と歩く中山道 『一路』の舞台をたずねて
浅田次郎
中山道の古き良き街道風景や旅籠の情緒、豊かな食文化などを時代小説『一路』の世界とともに紹介します。いざ、浅田次郎を唸らせた中山道の旅へ！
206138-5

う-28-1
御免状始末 闕所物《けっしょもの》奉行 裏帳合（一）
上田秀人
遊郭打ち壊し事件を発端に水戸藩の思惑と幕府の陰謀が渦巻く中、榊扇太郎の剣が敵を阻み、謎を解く！ 時代小説新シリーズ初見参！ 文庫書き下ろし。
205225-3

う-28-2
蛮社始末 闕所物奉行 裏帳合（二）
上田秀人
榊扇太郎は闕所となった蘭方医、高野長英の屋敷から、倒幕計画を示す書付を発見する。鳥居の陰謀と幕府の思惑の狭間で真相究明に乗り出す！
205313-7

う-28-3
赤猫始末 闕所物奉行 裏帳合（三）
上田秀人
武家屋敷連続焼失事件を検分した扇太郎は改易された出火元の隠し財産に驚愕。闕所の処分に大目付が介入、大御所死後を見据えた権力争いに巻き込まれる。
205350-2

う-28-4
旗本始末 闕所物奉行 裏帳合（四）
上田秀人
失踪した旗本の行方を追う扇太郎は借金の形に娘を売る旗本が増えていることを知る。人身売買禁止を逆手にとり吉原乗っ取りを企む勢力との戦いが始まる。
205436-3

う-28-5
娘始末 闕所物奉行 裏帳合（五）
上田秀人
借金の形に売られた旗本の娘が自害。扇太郎の預かりの身となった元遊女の朱鷺にも魔の手がのびる。一太郎との対決も山場を迎える。〈解説〉縄田一男
205518-6

う-28-6
奉行始末 闕所物奉行 裏帳合（六）
上田秀人
岡場所から一斉に火の手があがる！ 政権復帰を図る大御所派と江戸の闇の支配を企む一太郎が最後の賭けに出た。遂に扇太郎と炎の最終決戦を迎える。
205598-8

う-28-7
孤闘 立花宗茂
上田秀人
武勇に誉れ高く乱世に義を貫いた最後の戦国武将の風雲録。島津を撃退、秀吉下での朝鮮従軍、さらに家康との対決！ 中山義秀文学賞受賞作。〈解説〉縄田一男
205718-0

各書目の下段の数字はISBNコードです。978－4－12が省略してあります。

き-17-6
楠木正成（上）
北方謙三
乱世到来の兆しの中、大志を胸に雌伏を続けた悪党・楠木正成は、倒幕の機熟するに及び寡兵を率いて強大な六波羅軍に戦いを挑む。北方「南北朝」の集大成。
204217-9

き-17-7
楠木正成（下）
北方謙三
正成は巧みな用兵により幕府の大軍を翻弄。ついに京を奪還し倒幕は成る。しかし……。悪党・楠木正成の峻烈な生き様を迫力の筆致で描く、渾身の歴史巨篇。
204218-6

き-17-8
絶海にあらず（上）
北方謙三
京都・勧学院別曹の主、純友。赴任した伊予の地で、「藤原一族のはぐれ者」は己の生きる場所を海と定め、律令の世に牙を剝いた！ 渾身の歴史長篇。
205034-1

き-17-9
絶海にあらず（下）
北方謙三
海の上では、俺は負けん——承平・天慶の乱で将門とともにその名を知られる瀬戸内の「海賊」純友。夢を追い、心のままに生きた男の生涯を、大海原を舞台に描く！
205035-8

す-28-1
歴史時代小説 名作アンソロジー 刀剣
末國善己編
その美しく妖しい魅力は、時に人々を助け、また時には心を狂わせてきた。柴田錬三郎、宮部みゆきなど八人の名手と、八振の名刀が紡ぎだす至上の短編集。
206245-0

と-26-20
箱館売ります（上） 土方歳三 蝦夷血風録
富樫倫太郎
箱館を占領した旧幕府軍から、土地を手に入れようとするプロシア人兄弟。だが、背後には領土拡大を企むロシアの策謀が——。土方歳三、知られざる箱館の戦い！
205779-1

と-26-21
箱館売ります（下） 土方歳三 蝦夷血風録
富樫倫太郎
ロシアの謀略に気づいた者たちが土方歳三を指揮官に、旧幕府軍、新政府軍の垣根を越えて契約締結妨害のために戦うのだが——。思いはひとつ、日本を守るため。
205780-7

と-26-22
松前の花（上） 土方歳三 蝦夷血風録
富樫倫太郎
土方歳三らの蝦夷政府には、父の仇討ちに燃える娘、戦の携行食としてパン作りを依頼される和菓子職人の姿があった。知られざる箱館戦争を描くシリーズ第二弾。
205808-8

と-26-23
松前の花（下）土方歳三 蝦夷血風録
富樫倫太郎
死を覚悟した蘭子は、藤吉にある物を託し戦へと向かった。北の地で自らの本分を遂げようとする土方、蘭子、藤吉。それぞれの箱館戦争がクライマックスを迎える！
205809-5

と-26-24
神威の矢（上）土方歳三 蝦夷討伐奇譚
富樫倫太郎
明治新政府の猛追を逃れ、開陽丸に乗り込んだ土方歳三ら旧幕府軍。だが、船上には、動乱に乗じ日本に神の王国の建国を企むフリーメーソンの影が――。
205833-0

と-26-25
神威の矢（下）土方歳三 蝦夷討伐奇譚
富樫倫太郎
ドラゴン復活を謀るフリーメーソン、後のない旧幕府軍、死に場所を探す土方、迫害されるアイヌ人、山籠りの陰陽師。全ての思惑が北の大地で衝突する！
205834-7

と-26-26
早雲の軍配者（上）
富樫倫太郎
北条早雲に見出された風間小太郎。軍配者となるべく送り込まれた足利学校では、互いを認め合う友に出会い――。新時代の戦国青春エンターテインメント！
205874-3

と-26-27
早雲の軍配者（下）
富樫倫太郎
互いを認め合う小太郎と勘助、冬之助は、いつか敵味方にわかれて戦おうと誓い合う。扇谷上杉軍へ攻め込む北条軍に同行する小太郎が、戦場で出会うのは――。
205875-0

と-26-28
信玄の軍配者（上）
富樫倫太郎
駿河国で囚われの身となったまま齢四十を超えた山本勘助。焦燥ばかりを募らせていた折、武田信虎による実子暗殺計画に荷担させられることとなり――。
205902-3

と-26-29
信玄の軍配者（下）
富樫倫太郎
武田晴信に仕え始めた山本勘助は、武田軍を常勝軍団へと導いていく。戦場で相見えようと誓い合った友たちとの再会を経て、「あの男」がいよいよ歴史の表舞台へ！
205903-0

と-26-30
謙信の軍配者（上）
富樫倫太郎
越後の竜・長尾景虎のもとで軍配者となった曽我（宇佐美）冬之助。自らを毘沙門天の化身と称する景虎の前で、いま軍配者としての素質が問われる！
205954-2

各書目の下段の数字はISBNコードです。978−4−12が省略してあります。

と-26-31
謙信の軍配者（下）
富樫倫太郎
冬之助は景虎のもと、好敵手・山本勘助率いる武田軍を前に自らの軍配を振るい、見事打ち破ることができるのか⁉「軍配者」シリーズ、ここに完結！
205955-9

と-26-32
闇の獄（上）
富樫倫太郎
盗賊仲間に裏切られて死んだはずの男は、座頭組織の長に拾われて、暗殺者として裏社会に生きることに！『SRO』「軍配者」シリーズの著者によるもう一つの世界。
205963-4

と-26-33
闇の獄（下）
富樫倫太郎
座頭として二重生活を送る男・新之助は、裏社会から足を洗い、愛する女・お袖と添い遂げることができるのか？ 著者渾身の暗黒時代小説、待望の文庫化！
206052-4

と-26-34
闇夜の鴉
富樫倫太郎
大坂の追っ手を逃れてから十年――。新一は江戸で再び殺し屋稼業に手を染めていた。『闇の獄』に連なる暗黒時代小説シリーズ第二弾！〈解説〉末國善己
206104-0

な-65-1
うつけの采配（上）
中路啓太
関ヶ原の合戦前夜――。誰もが己の利を求める中、ただ一人、毛利百二十万石の存続のため奔走した男・吉川広家の苦悩と葛藤を描いた傑作歴史小説！
206019-7

な-65-2
うつけの采配（下）
中路啓太
小早川隆景の遺言とは正反対に、安国寺恵瓊の主導により天下取りを狙い始めた毛利本家。はたして吉川広家は家を守り抜くことができるのか？〈解説〉本郷和人
206020-3

な-65-3
獅子は死せず（上）
中路啓太
加藤清正ら名だたる武将にその武勇を賞賛された武将・毛利勝永。関ヶ原の合戦で西軍についたため、領地没収をされた男が、大坂の陣で最後の戦いに賭ける！
206192-7

な-65-4
獅子は死せず（下）
中路啓太
誰より理知的で、かつ自らも抑えきれない生命力を有し、家族や家臣への深い愛情を宿した戦国最後の猛将の生涯。『うつけの采配』の著者によるもう一つの傑作。
206193-4